Maria Österreicher
Tödliche Verwechslung in der Karibik

AF285726

Maria Österreicher

Tödliche Verwechslung in der Karibik

Autofiktionaler Krimi

Bibliografische Information der Deutschen Nationalbibliothek: Die Deutsche Nationalbibliothek verzeichnet diese Publikation in der Deutschen Nationalbibliografie; detaillierte bibliografische Daten sind im Internet über http://dnb.dnb.de abrufbar.

Verlag: BoD · Books on Demand GmbH, In de Tarpen 42, 22848 Norderstedt, bod@bod.de

Druck: Libri Plureos GmbH, Friedensallee 273, 22763 Hamburg

ISBN: 978-3-7693-9927-1

Vorwort

Der Inhalt des Buches beruht auf meinen Aufzeichnungen über das Erlebte in Jamaika im Jahre 1986. Eine Reinschrift entstand zwei Jahre später, 1988.

1997 ergab sich die Gelegenheit, nochmals nach Jamaika zu fliegen, den Epilog zu verfassen, um einen weiteren Schritt der Aufarbeitung durchzuführen.

37 Jahre später holt mich meine Geschichte wieder ein. 2023: Caroline Stone, eine starke, jamaikanischen Frau, die eine bedeutende Rolle in meinem Leben spielte, stirbt. Ihr Sohn, Alexander, erleidet einen Schlaganfall und kämpft sich langsam zurück ins Leben. Diese Nachrichten erreichten mich, da ich nach wie vor Kontakt zu einem Bekannten in Jamaika habe.

Mein Buch, das für mich zum Aufarbeiten des Erlebten in Jamaika diente, soll in Memoriam an Caroline Stone und Sofie Raab 2025 veröffentlicht werden.

Zwischen dem Erlebten und der Endfassung liegen viele Jahre. Jahre, die ich benötigte, zu lernen, mit meiner „Last" leben zu können.

Das Geschriebene, das vor Ihnen liegt, beruht auf wahren Begebenheiten. Die Namen, der im Roman vorkommenden Personen, wurden zum Schutz ihrer Familien geändert.

Prolog

Schon immer gefiel mir die jamaikanische Musik, der Reggae.

Als ich eines Tages in einer Zeitung ein Inserat fand, wurde ich davon magisch angezogen:

Interessieren Sie sich für Reggae und Jamaika:
Schreiben Sie uns, wir vermitteln Ihnen Briefpartner.

Diese Gelegenheit fasste ich beim Schopf und setzte gleich einen langen Brief auf, in dem ich mich beschrieb und vieles über mich erzählte, jedoch alles auf Deutsch. Wochen vergingen, als mich eines Tages ein blauer Luftpostbrief zu Hause erwartete. Die wunderschöne, bunte Briefmarke trug einen jamaikanischen Stempel... Das kann doch nicht wahr sein! Meine Freude war riesengroß!

Ein Professor der Universität von Jamaika hatte meinen Brief bei einer Briefpartnervermittlung gesehen und fand an meinen Zeilen Gefallen. Er schrieb mir auf Deutsch, in fehlerfreiem Deutsch!

Über zwei Jahre lang standen wir im Briefverkehr, und mein Wunsch, das Land und ihn kennenzulernen, wurde immer größer. Frank Foster, so hieß mein Briefpartner, hatte auch einen Bekannten, der in Wien wohnte. Seine genaue Adresse wusste er aber leider nicht. Herr Ernest Benesch, ein Diakon, der schon öfters bei ihm in Jamaika zu Gast war, kenne ihn sehr gut. Falls ich Zweifel hätte, ob ich auf die Insel kommen sollte oder nicht, soll ich mich doch mit ihm in Verbindung setzen. Dies tat ich auch!

Seine Adresse hatte ich schnell gefunden. Ich schrieb ihm einen Brief. In ein paar Zeilen stellte ich mich vor und erklärte ihm, warum ich mich an ihn wende. Meine Frage zum Schluss des Briefes klang witzig: „...glauben Sie, ist Jamaika für mich eine Schuhnummer zu groß?"

Ein paar Tage später läutete mein Telefon. Ich hob ab und meldete mich mit meinem Namen. Eine männliche Stimme fragte mich, welche Schuhnummer ich hätte??? Anfangs war ich verwirrt...hab ich wo mitgespielt und Schuhe gewonnen? Doch dann wurde das Rätsel gelöst. Es war Herr Benesch! Meine Freude und auch die Überraschung waren riesengroß! Er meldete sich gleich persönlich per Telefon bei mir, und wir machten uns ein Treffen aus. Ich wollte alle Unsicherheiten und Unklarheiten besprochen haben! Und wenn mir wer Antworten auf meine Fragen geben könnte, dann er.

Das Treffen fand am darauffolgenden Sonntag in einem Kaffeehaus statt. Herr Benesch sprach in großen Worten von ihm, dem Mann, der ihn in Kingston so tatkräftig bei der Entwicklungshilfe unterstützt. Frank kenne sehr viele einflussreiche Menschen und sei der perfekte Gastgeber für mich, meinte er. Viele Überlegungen machte ich mir auch bezüglich des Reisegepäcks. Welches Gewand soll ich mitnehmen? Herr Benesch lachte nur und meinte: „Nehmen Sie sich nur Shorts mit, dort ist es sehr heiß", - diese Worte hatte ich sehr lange in meinen Ohren...Er muss es ja wissen, ist er doch mindestens einmal im Jahr für längere Zeit in Kingston.

Vollbepackt mit tollen Eindrücken und vielen Erwartungen fiel mein Entschluss: Jamaika, ich komme! Im Reisebüro meines Vertrauens buchte ich den Flug Wien - Kingston - Wien, natürlich ohne Hotel! Ich war ja Gast bei Frank (bzw. wollte ich sein Gast sein). Das Datum des Rückfluges musste ich aber gleich fixieren. 7 Wochen später, ja, das zahlt sich dann wirklich aus!

Meinen Entschluss teilte ich auch Frank in meinem nächsten Brief mit. Er schickte mir gleich eine Liste, was er sich alles wünsche - als Gastgeschenk sozusagen. Sein Hauptwunsch war eine Haarschneidemaschine und ein paar Dosen mit Fleischpasteten, was mich ein wenig verwunderte. Auch Tonbandkassetten standen auf seinem Wunschzettel. Den Großteil davon besorgte ich. Ich wollte ja nicht mit leeren Händen kommen. Darf ich doch bei ihm sieben Wochen wohnen...

1.

Sonntag, 6. Juli 1986

Endlich kam der langersehnte Tag der Abreise, der Koffer, die Tasche - alles gepackt für 7 Wochen Jamaika. Eine Reise, ein bisschen ins Ungewisse. Was wird mich erwarten? Wie wird der Mensch sein, den ich schon fast drei Jahre lang brieflich kenne? Ein Professor und Doktor der Universität von Kingston.

Viele Gedanken begleiteten mich zum Check-In. Kurz ein rasches „Auf Wiedersehen", ein Kuss für meine Mutter und schon begab ich mich zum Abflugschalter. Der Koffer wurde gewogen, mit einem Gepäcksanhänger versehen auf dem „Kingston" stand und über das Förderband nach hinten transportiert. Weg war er, verschwunden in einem schwarzen Loch. Die Dame vom Abflugschalter überprüfte mein Ticket. Ich wählte einen Sitzplatz im Flugzeug und war auch schon abgefertigt. Aber für mich gab es noch die Unklarheit, wohin ich in London musste, denn dort musste ich umsteigen. Die Dame vom Check-In konnte mir aber keine Auskunft geben, wo bzw. wie ich das Gate 4 in London finden könnte. Sie war noch nie am neu umgebauten Flughafen! Auch das noch! Aber: ich marschierte weiter zur Passkontrolle.

Der Hals wurde mir zugeschnürt, die Tränen stiegen auf, ein krampfhaftes Schlucken - „Passkontrolle" - hörte ich verschwommen in meinen Ohren. Der Abschied von meiner Mutter war doch nicht so leicht...Ich zog meinen Pass aus der Tasche und zeigte ihn vor. Die Tür öffnete sich und meine Schritte lenkten mich ins Duty-Free-Shop. Zigaretten für den Flug und den Aufenthalt - wer weiß, wie dort, in dem Land der Sonne, die Zigaretten sind. Ziellos durchquerte ich die Gänge des Geschäftes. Meine Gedanken wanderten wieder zurück. Zurück zum Check-In-Schalter. Niemand konnte mir exakte Auskunft geben, wie und wo ich in London den Terminal 4 finden werde. Unsicherheit machte sich in mir breit...

Ob der Gepäckstransport wohl funktionieren wird? Eine gewisse Unruhe machte sich in mir bemerkbar. Aber, ich werde das schaffen, obwohl mir alle von dieser Reise ins Ungewisse abgeraten hatten. Jetzt erst recht!

„Frau Österreicher, bitte kommen Sie zum Terminal A", ertönte es plötzlich aus dem Lautsprecher. - Ich war gemeint. Aber wo war doch gleich der Terminal A? Ich blickte mich in der Freihandelszone um, doch da gab es nur „Gates", Ein- bzw. Ausgänge, also musste es außerhalb sein. Zurück zum Eingang. Dort erklärte ich dem diensthabenden Beamten, dass ich beim Terminal A erwartet werde. Er öffnete mir die Tür, und ich begab mich zum Treffpunkt. Eine Flugbegleiterin empfing mich freundlich und gab mir genauere Hinweise, wie ich in London zum Terminal 4 komme. Sie konnte es in Erfahrung bringen! Erleichterung machte sich bei mir bemerkbar! Danach betrat ich etwas beruhigter die Abflughalle.

Endlich wurde mein Flug aufgerufen! Mit der Bordkarte in der Hand bestieg ich den Transfer-Bus. Kurz vor der Gangway machte er Halt, und die Masse drängte mich hinaus auf das Rollfeld und die Stufen empor zum Einstieg.

Ein „Willkommen an Bord" und ein Lächeln einer hübschen Flugbegleiterin empfing mich.Ich suchte meinen

Platz – es war ein Fensterplatz in einer Dreiergruppe. Der Flug nach London war relativ kurz und angenehm. Dort angekommen, schaute ich mich nach jemandem um, der mir den Weg zum besagten Terminal 4 erklären beziehungsweise bestätigen konnte. Ich entdeckte einen Mann, sichtlich vom Flughafenpersonal, den ich daraufhin ansprach. - Meine ersten englischen Worte! Er zeigte mir den Weg. Ich durchquerte das riesige Flughafengebäude auf einer endlos scheinenden ebenerdigen Rolltreppe. Sie beförderte mich zum anderen Ende des Trakts. Eine Hinweistafel bestätigte die Richtigkeit meines Weges. Einige Leute saßen bereits in einem kleinen Raum und warteten. Ich setzte mich dazu und harrte auch der Dinge. Ein Bus kam nach wenigen Minuten vorgefahren. Die warteten Passagiere drängelten in Richtung Ausgang. Auch ich stieß die Glastür auf, stieg in den Bus ein und fragte erneut, ob mich der Bus zum Terminal 4 bringe. Ja, ich war hier richtig.

Eine kurze Busfahrt quer durch das Flughafengelände von London folgte. Die Hitze wurde langsam enorm. Beim Terminal 4 fand ich eine riesige Wartehalle, angenehm temperiert. Ich suchte mir nahe beim Fenster einen Sitzplatz. Eine Stunde hatte ich hier Aufenthalt. Durch die großen Glasscheiben konnte man das Rollfeld und einige startbereite Flugzeuge sehen. Meines wird wohl auch bald startbereit sein, dachte ich vor mich hin. Ich beobachtete die Menschen, die sich hier wie Ameisen tummelten. Eine Afroamerikanische Familie, die vis à vis vor mir saß, fiel mir auf. Der Vater, sehr elegant gekleidet, irrte aufgeregt umher, das kleine Kind schrie plötzlich laut auf, wurde aber von der Mutter sofort beruhigt. Die anderen drei Kinder liefen im Warteraum wild hin und her. Wahrscheinlich warteten sie schon länger auf ihren Anschlussflug.

Eine Durchsage ließ mich aufhorchen. Im raschen, fast unverständlichen Englisch, erfolgte ein Hinweis. Alles verstand ich nicht, aber es betraf meinen Flug. Ich suchte die

Leuchttafeln, die Ab- und Ankunftszeiten bekannt geben und entdeckte eine neue Abflugzeit. Eine Stunde wird es länger dauern, bis das Flugzeug startklar ist. Diese eine zusätzliche Stunde wird auch vergehen, dachte ich mir, doch aus dieser einen Stunde wurden drei... Mittlerweile fand ich auch einen kleinen Imbissstand, bei dem ich meine ersten Englischen Pfund ausgab. Es war gut, dass ich auch daran gedacht hatte, Geld für London zu wechseln. Die Zeit verging sehr langsam.

Mein Lesestoff und das Häkelgarn waren im Koffer, und wo der war, wusste ich nicht...

Endlich, nach fast vier Stunden unfreiwilligem Aufenthalt in London, wurde mein Flug aufgerufen. Ein langer „Schlauch" führte mich direkt ins Flugzeug. Ein gewaltiger Innenraum empfing mich. Eine Videoleinwand im zweiten Teil des Flugzeuges sollte die Flugdauer verkürzen. Von meinem Platz aus war es jedoch fast unmöglich, einen Film zu verfolgen, ohne eine „Genicksverrenkung" zu bekommen. Kopfhörer für Musik wurden ausgeteilt. Ich hielt mich daran. Ziemlich rasch startete der Flieger. Bereits nach kurzer Zeit wurde meine Müdigkeit enorm. Ein Versuch zu schlafen misslang. Mir war sehr kalt. Die Klimaanlage funktionierte mehr als gut. Ich brauchte etwas zum Zudecken. Ich rief die Flugbegleiterin zu mir und sagte ihr: „I need something to cover me. I´m cold!" Das englische Wort für Decke wusste ich nicht. Dafür hatte ich mich nicht vorbereitet. Jamaika und Decke - eine unvorstellbare Kombination! Aber sie verstand, was ich wollte und ich erhielt - zwar kopfschüttelnd aber doch - eine Decke!

Nach stundenlangem Flug erreichten wir Nassau. Eine Zwischenlandung war hier geplant.

Beim Anflug sah ich wunderschöne Palmen. Ich konnte auch das Meer sehen, das sich am Strand weiß kräuselte.

Viele Fluggäste stiegen hier aus. Ja, da ist es bestimmt schön!

Reinigungspersonal kam an Bord, Proviant wurde neu geliefert, einige neue Reisende stiegen zu. Neben mir nahm eine etwas stärkere Afrikanerin Platz. Ihr Blick war zu Boden gesenkt, sie war in schwarze Kleider gehüllt, und der Schweiß stand ihr auf der Stirne. Ihr Haar trug sie sehr kurz geschnitten.

Plötzlich fiel der Strom aus. Die Notbeleuchtung wurde eingeschaltet - keine Starterlaubnis - keine Startmöglichkeit. Erneut Wartezeit. - Mein Urlaub begann ja bereits toll!

Draußen konnte ich umherlaufende Mechaniker erkennen, die wahrscheinlich auch nicht wussten, warum es zu dem Gebrechen gekommen war. Es dauerte gefühlt ewig lange, doch auch diese Wartezeit verging.

Schließlich hoben wir mit einer weiteren Stunde ab, um Kingston zu erreichen. Die Flugbegleiterin brachte etwas später einige Formulare, die alle Reisenden auszufüllen hatten.

Passnummer, Name, Geburtsdatum, Dauer des Aufenthaltes, Grund des Aufenthaltes und so weiter. Dieses Formular konnte ich eigentlich problemlos ausfüllen. Die Frau neben mir blickte jedoch hilfesuchend um sich. Sie drehte sich zu mir und bat mich, ihr diese Zettel auszufüllen. Anfangs war ich überrascht, aber dann wusste ich den Grund. Sie konnte nicht schreiben, ja, auch das gibt es. Sie gab mir ihre Daten, die ich auf das Blatt schrieb. „Was ist der Grund Ihres Aufenthaltes", fragte ich sie. Daraufhin erklärte sie mir, dass sie zum Begräbnis ihres Sohnes kam. - Arme Frau! Ihre Worte stimmten mich traurig und ein wenig nachdenklich.

Die Flugdauer von Nassau nach Kingston war Gott sei Dank bald überstanden. Das Flugzeug setzte genau um 21.15 Uhr (Ortszeit) auf dem Rollfeld auf. Erlösendes Aufatmen und zugleich ein Hoffen, dass alles gut laufen wird, durchfuhren mich. Die Gangway wurde herangerollt, wir stiegen alle aus dem recht kühlen Flugzeug, das mich stundenlang beherbergte, aus. Gleich bei der Tür kam mir ein Schwall Hitze entgegen und das nachts! Die Eingangshalle des Flughafens war kaum beleuchtet. Sparmaßnahmen oder auch hier Stromausfall. Autoscheinwerfer spendeten notdürftig Licht. Das war ein Empfang! Ich wusste zwar nicht, wohin ich gehen musste, aber ich folgte der Menschenmasse. Wir durchquerten diese schummrig beleuchtete Halle und betraten einen etwas besser beleuchteten Raum. Eine Menschenschlange stand aufgefädelt vor einem Schalter. „EMIGRATIONS". Dort musste ich auch hin, um mir einen Stempel und eine Erlaubnis für meinen Aufenthalt zu holen. Das hatte mir auch Herr Benesch erklärt.

Erneut bemerkte ich die Familie, die ich bereits in London beobachtet hatte. Die Erwachsenen gingen mit ihren Kindern schnurstracks durch die Absperrung, ohne sich vorher angestellt zu haben. Wahrscheinlich war dies eine Diplomatenfamilie. Nur langsam kam ich vorwärts. Die Hitze war hier unerträglich! Ein kleiner Ventilator, der an einer Säule befestigt war, verschaffte mir für kurze Zeit leichte Abkühlung, doch ich musste aufrücken. Hier wartete ich gut eine Stunde, denn in Kingston geht alles mit Ruhe und Gelassenheit, was bestimmt auf die Temperatur zurückzuführen ist. Ich hatte mir schon gedanklich zurechtgelegt, was ich dem jamaikanischen Beamten beim Schalter sagen werde. Als ich an der Reihe war, stellte ich mich namentlich vor, erklärte ihm, dass ich aus Österreich komme und dass ich, so gut ich konnte, das Formular ausgefüllt hätte. Er nahm mir die Zettel und den Pass ab, betrachtete alles, schrieb etwas dazu und stempelte meinen Pass.

Geschafft!

Aufgenommen in Jamaika für sieben Wochen.

2.

Jetzt musste ich nur noch meinen Koffer finden und durch den Zoll kommen. Hoffentlich muss ich mein Gepäck nicht öffnen! Die Fleischdosen und die Kassetten, die ich für meinen Briefpartner mithatte, dürfen bestimmt nicht legal eingeführt werden. Aber diese Gedanken hatten noch Zeit für später.

Ich ging zum Gepäcksausgabeband und wartete. Doch kein einziges Gepäcksstück kam durch das schwarze Loch heraus.

In dieser Halle war es noch heißer als zuvor. Ich blickte mich um, sah die Zollstelle und eine Geldwechselstube. Da fielen mir die Worte von Herrn Benesch ein: „Wechseln Sie gleich auf dem Flughafen, Sie werden nicht täglich die Möglichkeit haben, zur Bank zu kommen!" Der Kurs wird hier bestimmt höher sein, aber ohne Geld auf der Insel ist auch nicht wünschenswert. In Österreich bekommt man nämlich keine Jamaikanisches Dollar! Auch die Ausfuhr des Geldes war verboten!

Ich wechselte einen kleinen Betrag und stellte mich erneut beim Gepäcksband an. Die ersten Koffer wurden hereinbefördert. Meiner war nicht dabei! Vielleicht liegt er noch in London - das würde mir gerade noch fehlen!

Doch kurz darauf tauchte auch mein roter Koffer aus dem dunklen Nichts auf. Rasch griff ich zu und holte ihn vom Förderband.

Auch das war geschafft!

Nun ging es zum Zoll. Drei Zollbeamte machten Dienst - hinter jedem Schalter saß eine Frau, hiermit konnte ich meinen Charme, den ich hätte spielen lassen, falls ein Mann kontrolliert hätte, vergessen. Zwei Burschen waren vor mir und mussten den gesamten Inhalt ihrer Koffer und Taschen ausräumen. Ich beobachtete die Situation und ahnte bereits Schlimmes. Plötzlich kam eine junge Frau auf mich zu und fragte mich in tollstem Englisch: „Are you Mrs. Österreicher?"

Leicht entgeistert starrte ich sie an und brachte nur hervor: „Yes", mehr schaffte ich nicht, weil ich so überrascht war. Sieht man mir es an, dass ich aus Österreich komme?

Kaum hatte ich diesen Gedanken zu Ende gebracht, erklärte sie mir noch, dass Mr. Foster draußen auf mich warte... - zum Glück, denn ich hätte mich in Kingston nicht zurechtgefunden. Seine Adresse hatte ich nicht einmal eingesteckt. Ich verließ mich voll auf ihn...Er hatte folglich etwa fünf Stunden auf mich gewartet, da mein Flug so viel Verspätung hatte.

Vor mir wurde die Zollabfertigungsstelle frei. Ich rückte meinen Koffer nach, wies meinen Pass vor und sagte mit einer etwas unsicheren Stimme „Good evening". Die Beamtin schaute mich an, warf einen Blick auf meinen prallgefüllten Koffer und fragte mich etwas. Ich verstand sie nicht, da sie sehr rasch und noch dazu mit jamaikanischem Dialekt sprach. Daraufhin bat ich sie, zu wiederholen, was sie von mir wissen wollte. Sie stellte erneut ihre Frage, die ich abermals nicht verstand. Also, an meinen Englischkenntnissen konnte es nicht liegen. Es ist nur die Schnelligkeit und ihr Dialekt! Ich bat sie, langsamer zu sprechen, was sie auch gnadenhalber - so schien es mir - tat. Ob ich etwas zu verzollen hätte, oder ob ich Fleisch oder Früchte einführe, wollte sie wissen. Als ich daraufhin verneinte, meinte sie zum Abschluss: „You want to stay in

Jamaika for seven weeks...?" Für diese unnütze Feststellung hatte ich die passende Antwort „I have my dictionary in my suitcase".

Meine Freude, endlich hier zu sein, war beträchtlich gesunken. Touristenfreundlichkeit schien ein Fremdwort für sie zu sein... Meinen Koffer brauchte ich danach nicht mehr zu öffnen.....Auch gut!

Ich durchquerte die Halle und betrat einen langen Gang, in dem einige Wartebänke aufgestellt waren. Von der Ferne sah ich bereits meinen Briefpartner Frank, doch er warf nicht einmal einen Blick auf mich! Wir hatten doch Fotos ausgetauscht, damit wir uns auch gegenseitig erkennen. Ich ging auf den Mann zu, stellte meinen Koffer vor ihm ab und fragte: „Are you Frank?" Der Befragte blickte mich erstaunt an und - verneinte! Das fehlte mir gerade noch!

Ein falscher Mann, 5 Stunden Verspätung, totale Erschöpfung und Frust im Bauch, dass es ärger nicht mehr geht. Doch plötzlich hörte ich jemanden meinen Namen sagen. - Er war es!

Der lang erwartete Augenblick! Ich reichte ihm die Hand und begrüßte ihn. Er schaute mich an, zog mich zu sich und küsste mich. So intensiv, dass ich dachte, das gibt es nicht. Ein Zungenkuss noch dazu!

Ich war wie von Sinnen! Mit der linken Hand schob ich ihn sacht aber bestimmt weg. Für ihn schien alles in Ordnung, aber für mich war das ein „mit der Tür ins Haus-Fallen". Rasch erklärte ich ihm, dass ich ein bisschen mehr Distanz erwarte.

„Come, Maria", meinte Frank, ergriff meinen Koffer und marschierte los, „I have waited such a long time!" - War das die Begründung seiner „Aktion"?

Wir gingen auf den Parkplatz hinaus. Leichte Abkühlung machte sich hier bemerkbar. Der Wind wehte eine leichte Brise vom Meer herein. Ringsum brannten die Lichter, der Hafen war hell erleuchtet.

Müde trottete ich ihm hintennach, bis er bei einem großen, amerikanischen Schlitten seinen Schritt innehielt. „Ich möchte rasch nach Hause. Du bist bestimmt auch hungrig", hörte ich plötzlich in perfektem Deutsch. Ich war verwundert. Ein kaum merkbarer Akzent aus dem Mitteldeutschen Raum klang jedoch durch. Mit der Sprache werde ich hier bei ihm keine Schwierigkeiten haben, war meine Überlegung, als ich dann neben ihm saß. Mit lautem Motorengeräusch verließen wir das Gebiet um den Flughafen.

„Ich habe einiges gekocht, Maria", sagte er zu mir und schaute mich während der Fahrt mit seinen tiefbraunen Augen an. Danach achtete er wieder auf die Straße, denn wir waren bereits außerhalb der hell beleuchteten Gegend. Ich nützte rasch die Gelegenheit und schielte aus meinen Augenwinkeln hinüber zu ihm. Er sah eigentlich genauso aus wie auf dem Bild! Die Haare trug er noch kürzer, ja, es war eigentlich eine Glatze. Der Hinterkopf ging fast gerade in den sehr breiten Nacken über. Sein gewaltiger Oberkörper wurde von einem grauen Hemd, das bereits völlig durchschwitzt war, bedeckt. Kräftige Hände hielten das Lenkrad fest.

Die Fahrt dauerte etwa 20 Minuten, dann parkte er seinen Wagen ein. Wir hatten eine leichte Anhöhe befahren. „Hier wohnen auch einige andere Kollegen von der Universität", erklärte er mir. Er sperrte das schmiedeeiserne Gartentor auf und ging voran. Wir durchquerten den Garten, kamen bei einer anderen Eingangstüre vorbei, bis er vor einer weißen Holztüre stehen blieb. Er sperrte auch hier auf und ließ mich eintreten. Hätte ich in diesem Raum einen scharfen Schritt nach links gemacht, wäre ich gleich in ein Bett, das unmittelbar neben dem Eingang stand, gefallen.

Der Raum, der sich mir bot, war alles andere als geräumig. Vor dem Bett stand ein kleiner Tisch mit einer Sitzbank und einem Sessel. Ein Schreibtisch stand quer in das Zimmer ragend vor einem Raumteiler, einem Regal. Dahinter befand sich - im Eck verborgen - eine kleine Kochnische.

Frank führte mich in den nächsten Raum und meinte: „Hier ist mein Schlafzimmer, vielleicht auch deines, und hinter dieser Tür" - er deutete auf eine etwas schmälere Holztüre, „befindet sich das Badezimmer".

Aus, Ende - wo war mein Zimmer? Deswegen fragte ich ihn, nachdem ich in seinem Schlafzimmer ein Doppelbett in der Mitte und ein Einzelbett an der Wand sah, wo ich wohl schlafen werde. „Wie Du möchtest". - Ich wählte das Bett im Wohnzimmer...das neben der Tür...

Frank ging zurück zur Kochnische und stellte das für mich Gekochte auf den Tisch. - Gekochte Kartoffeln und ein hartes Ei...

Zum Glück hatte ich im Flugzeug reichlich und gut gegessen. Anstandshalber nahm ich ein Stück und lehnte mehr davon ab.

„Ich habe so lange gekocht, und jetzt isst du kaum etwas!", meinte er. Er war sichtlich enttäuscht, dass ich nicht mehr aß.

Danach packte ich meinen Koffer aus und überreichte Frank die mitgebrachten Geschenke. Ein paar Dosen Schinken, eine Stange Salami und 10 Tonbandkassetten, die er sich gewünscht hatte.

Als ich mit der Übergabe fertig war, meinte er: „Hast du keine Haarschneidemaschine mitgebracht? Ich habe es dir doch geschrieben!" Ich wusste davon, doch die war mir erstens zu teuer und zweitens besaß sie nicht die Möglichkeit, auf die Stromspannung, die hier auf der Insel war, umgestellt zu werden. Ich erklärte ihm den zweiten Grund, worauf er leicht erbost war und feststellte: „Mein Freund hier hätte das schon umstellen können!" Das war ein Tiefschlag für mich.

In der Zwischenzeit war es schon sehr spät geworden. Im Badezimmer machte ich rasch meine Abendtoilette, schlüpfte in mein Nachthemd und legte mich dann in das Bett im Wohnzimmer. Obwohl ich so müde war, schaffte ich es nicht, einzuschlafen. Ein Geräusch eines Aggregates, das außerhalb des Hauses stand, raubte mir den Schlaf. Grillen zirpten vor dem Gartenfenster. Irgendwann schlief ich jedoch vor Erschöpfung ein.

*

Um 9 Uhr am nächsten Morgen weckte mich Frank, das Frühstück war fertig. Kaffee und Früchte gab es zum Essen. Eine Frucht davon kannte ich, es war eine Ananas, das zweite war ähnlich einer Banane, die in Butter abgebraten worden war. Es schmeckte recht gut, nur war es gewöhnungsbedürftig.

Montag. Mein erster, wirklicher Tag in Kingston. Was wird der Tag wohl bringen?

Gleich nach dem Frühstück fuhren wir in Richtung Zentrum. Wir besichtigten „Devon House", ein imposantes, weiß getünchtes Haus. Es war bereits 1881 erbaut worden und war die ehemalige Residenz von George Stiebel, Jamaikas ersten schwarzen Millionär. 1965 sollte es abgerissen werden, wurde aber von der jamaikanischen Regierung gekauft und saniert. Frank wusste schon sehr viel!

Ein angrenzender schattiger Gastgarten lud förmlich auf einen Besuch ein. Wir setzten uns auf einen „Planter´s punch" und einen Sandwich hinein. Angenehme Atmosphäre umgab mich. Als wir die Rechnung verlangten, meinte Frank: „Maria, zahle bitte!" - Ich war wie von Sinnen, aber warum auch nicht. Der Kellner kam und teilte mir die Summe mit. 60 jamaikanische Dollars. Das war viel Geld auch für mich. Es war ja kaum zu glauben! Deswegen „durfte" ich zahlen!

Danach fuhren wir weiter zur Post. Ich wollte dort viele Ansichtskarten und Briefmarken kaufen. Es wollte ja jeder meiner Freunde und Bekannten eine Karte aus Jamaika.

Anschließend besuchten wir im Hotel Pegasus eine Ausstellung des Malers Hamilton Owen. Seine Bilder sprachen mich nicht an, aber die Klimaanlage funktionierte hier hervorragend. Danach bat ich Frank, mich zu Runa Moser zu bringen. Ich hatte sie in Wien bei einem Konzert kennengelernt. Sie führte in Kingston Workshops mit Kindern aus dem Kinderdorf durch, gab auch hier selbst Konzerte und wurde lobend in der jamaikanischen Tageszeitung erwähnt. Auch Frank kannte Runa und wusste, wo sie wohnte.

Wir fuhren etwa eine halbe Stunde, bis wir ihr Haus erreicht hatten - ein wunderschönes Haus, umgeben von Bäumen und unzähligen Blumen. Runa war sehr überrascht, mich hier zu treffen, ich hatte ihr nämlich nichts von meiner Reise nach Kingston erzählt. Wir plauderten eine Weile, doch ihre Stimmung war eher getrübt, denn einige Probleme mit ihrem jamaikanischen Freund und seiner Mutter machten ihr zu schaffen.

Momentan war sie auch auf verschiedene bedeutende Leute, die ihr Auftritte verschaffen hätte sollen, nicht gut zu sprechen. In der letzten Zeit klappte es bei ihr nicht so. Ich versprach ihr, mich während meines Aufenthaltes hier in Kingston zu melden, um mit ihr einmal in das Kinderdorf zu fahren.

Am Abend fuhren Frank und ich in das UNI-Gelände. Ein riesiges Areal mit frei herumlaufenden Ziegen beherbergte die verschiedenen Gebäude der Universität, auch Wohnhäuser für die Professoren gab es dort zu sehen. Das Gelände durfte mit dem Auto befahren werden, nur ab und zu befand sich quer über die Straße eine Erhebung, damit das Tempo reduziert werden musste. Die Jamaikaner nennen dies „Sleeping policeman". Diese Namensgebung gefiel mir.

Wir parkten in der Nähe eines Wohnhauses und spazierten ein wenig im Gelände umher. Angenehme Kühle machte sich bemerkbar. Wir erreichten ein kleines Café, in dem einige Männer an der Bar standen. Frank wurde bereits von der Ferne begrüßt. Er stellte mir die Männer vor, Professoren der UNI, und darunter befand sich auch der Bruder von Lance Lumsden. Ich kam mit den Männern ins Gespräch und erzählte ihnen, woher ich komme und was ich beruflich mache - alles auf Englisch.

Meine Englischkenntnisse wurden hier sogar gelobt. Als das Wort „Österreich" fiel, fragte mich Karl, ein Professor der UNI, „Did you vote Waldheim?". Bis nach Jamaika hat sich unser Tages- bzw. Wochengespräch verbreitet! Ich war total überrascht Das nachfolgende Gespräch verlief eher einseitig, da ich der englischen Sprache doch nicht so mächtig war. Außerdem versuchte ich das Thema Waldheim zu wechseln, was mir auch gelang.

Zu später Stunde kehrten wir heim. Frank machte mir den Vorschlag, dass ich das Einzelbett im Schlafzimmer nehmen sollte, da er zeitig in der Früh bereits arbeiten möchte. Ich willigte gerne ein, denn, vielleicht ist es in diesem Raum ruhiger.

In der Nacht war es sehr heiß! Das Bett war für mich um einiges zu kurz, aber ich konnte schlafen.

*

Am nächsten Vormittag erledigte ich die Post. Die erste Langeweile kam auf....es war erst Dienstag! Frank schrieb irgendwelche Artikel, und ich wusste nicht, was ich machen könnte. Sehr gerne wäre ich spazieren gegangen, was mir Frank jedoch verboten hatte, denn Frauen dürften hier nicht allein auf der Straße sein. Meine Stimmung sank. Sollte ich hier jetzt täglich warten, bis Frank „gnadenhalber" mit mir etwas unternimmt?

Ich verschönerte meine Karten, um mich zu beschäftigen. Zeichnete hier etwas dazu oder brachte dort einen witzigen Spruch an.

Bei einer Karte fiel mir plötzlich auf, dass ich eine falsche Postleitzahl geschrieben hatte.

Ich versuchte, die mit Kugelschreiber geschriebene Zahl, auszuradieren was mir auch gelang. Den Radierstaub wollte ich vom Tisch wischen, als mich plötzlich Frank anfuhr: „Was machst Du hier? Du kannst das doch nicht hinunterwischen!" Ein strenger Blick untermauerte das Gesagte auch noch. Oh, wie peinlich! Da hatte ich etwas falsch gemacht! Ich entschuldigte mich rasch und putzte die Krümel in den Aschenbecher.

Gleich danach meinte er: „Komm, wir fahren zu einer Buchpräsentation!"

Gott sei Dank - raus aus den vier Wänden. Ich packte meine Handtasche und war auch schon startklar. „Ziehst du dich nicht um?", fragte er mich erstaunt, als ich bereits bei der Tür stand. Ich verneinte, denn die Short war recht angenehm zu tragen. „Hier in Jamaika trägt man als Frau keine Shorts! Auf dem UNI-Gelände kannst du so herumlaufen!", war seine Antwort. Das saß! Ich wechselte meine Short mit meinem Overall. Danach war ich total frustriert. Fast mein ganzes Gepäck bestand aus Shorts, weil mir Herr Benesch, der Diakon aus Wien, und oftmaliger Jamaika-Besucher und Entwicklungshelfer, den Tipp gegeben hatte, nur kurze Hosen einzupacken. Zum Glück hatte ich auch zwei äußerst einfache Leinenkleider und diesen besagten Overall mit.

Wir fuhren in das Sangster's Book Store. Mister A.N.R. Robinson stellte sein neues Werk „Caribbean Man" vor und signierte es. Hier war die Atmosphäre recht angenehm, obwohl ich nicht sehr viel verstand, was alles gesprochen wurde. Ein kleines Buffet wurde gereicht, an dem auch ich mich stärkte. Langsam wurde mir langweilig. Frank merkte anscheinend, dass ich mich ein wenig fadisierte, weil ich bewegungslos in einer Ecke stand. Daraufhin stellte er mir Tony vor, er war auch ein Professor der UNI. Mit ihm unterhielt ich mich dann recht gut. Wir diskutierten unsere Schulprobleme und tauschten Informationen aus. Frank sah nach einiger Zeit, dass ich mich nun wohler fühlte, kam auf mich zu und sagte mir auf Deutsch - deswegen sprach er Deutsch, damit ihn niemand außer mir verstehen konnte: „Lass uns gehen!" In diesem Moment hasste ich ihn. Warum darf ich mich nicht mit jemandem unterhalten? Ich war traurig und verabschiedete mich. „Du solltest sein Buch kaufen, Maria", flüsterte mir Frank zu. Ich wusste nicht warum. Als ich eher ablehnend reagierte, zog Frank irgendein Buch aus dem Regal und meinte: „Kauf das!" Was blieb mir übrig? Mit seinen Finanzen dürfte es trist ausschauen. Folglich kaufte ich das Buch.

9 jamaikanische Dollar, ein Buch, das gar nichts mit dem Autor, der sein neues Buch vorgestellt hatte, zu tun hatte... Aber ich besaß es nun!

Danach fuhren wir wieder zur UNI. Einige Ziegen liefen vor Franks Auto. Ich war besorgt und rief: „Take care of the goats" - Das war anscheinend falsch. Frank erklärte mir lang und breit, dass er am Steuer sitze und dafür verantwortlich sei, was er mache.

Ich wollte meine Aussage etwas abschwächen, indem ich meinte, die kleinen Ziegen seien so lieb, und es ist auch gefährlich, eine niederzufahren. Das Auto könnte auch beschädigt werden, doch die Stimmung wurde nur noch ärger.

Als wir ausgestiegen waren, verstummte unser Gespräch völlig. Wir gingen eine Weile schweigend nebeneinander her, als ich plötzlich seine Hand um meine Hüfte spürte. Ich löste mich abrupt und meinte: „Please, hold distance", und gleich darauf liefen mir die Tränen übers Gesicht. Ich konnte nicht mehr! Meine Lage gefiel mir ganz und gar nicht. Er versuchte mich zu beruhigen und fragte mich nach dem Grund meines Zusammenbruchs. Ich erklärte ihm, dass ich Zeit brauche, dass ich nur als Briefpartnerin gekommen wäre und nicht als seine Geliebte.

So, das war heraußen. Daraufhin versiegte unser Gespräch ganz. Wir standen bereits vor dem Haus eines UNI-Professors. Frank klopfte an, und wir traten ein. Tim, ein hagerer UNI-Professor, hieß uns herzlich willkommen. Gleich wurden wir bewirtet. Danach spazierte er mit uns nochmals durch das UNI-Gelände und tratschte mit Frank. Ganz schlau wurde ich aus Tim nicht. Seine schlanke Gestalt, sein zartes Gesicht, sein Gang und seine Gesten, das alles ließ mich nachdenklich werden. Ich glaube, er war bisexuell.- Auch das gibt es auf Jamaika, warum auch nicht.

Als wir zu Hause angekommen waren, gab es „Patties", gefüllte Fleischtascherl, die sehr scharf waren. Ich fühlte mich noch nicht wiederhergestellt und brachte folglich auch kaum einen Bissen hinunter.

Danach legte ich mich schlafen. Ich nahm Garfield, mein Stofftier, das mir als Talisman von einem sehr lieben Freund noch kurz von der Abreise geschenkt worden war, in beide Hände, drückte es an mich und weinte lautlos. Die Tränen liefen mir über die Wangen und versiegten im Kopfpolster. Worauf hab ich mich da eingelassen? Alle hatten Recht, aber ich wollte es nicht wahrhaben!

*

An dem folgenden Tag, dem dritten Aufenthaltstag in Kingston, erlebte ich rein gar nichts. Tagsüber erledigte ich meine restliche Post. Am späten Nachmittag besuchten wir „Hope Garden", eine Art riesigen Park mit frei umherlaufenden Tieren. Hier nahm ich die Schönheit der Insel erst richtig wahr. Überall süße Düfte von den schönsten Blumen, die Vegetation war tief grün und üppig. Meterhohe Palmen wuchsen hier, wohin man blickte. Ich ging in Gedanken versunken neben Frank, als ich erneut seine Hand auf meinen Schultern verspürte. Ich schob seine

Hand zurück und erklärte ihm erneut, dass ich nicht seine Geliebte sein möchte.

Eine längere Diskussion setzte erneut ein. Nein, ich ließ mich nicht unterkriegen. „Was hast du dir vorgestellt, bevor du gekommen bist?", fragte er mich daraufhin. „Ich dachte, dass du Zeit für mich haben wirst, dass du mich mit dem Land und den Leuten bekannt machst", antwortete ich ihm.

Er müsste auch etwas arbeiten, Artikel schreiben und Ausstellungen besuchen, aber er werde mich mit jemandem bekannt machen, der auch Zeit hätte, mit mir an die Nordküste zu fahren. Und vielleicht fliegen wir einmal hinüber nach Kuba. All das waren Worte, die mich ein wenig beruhigten und aufbauten, aber so stellte ich mir das Land meiner Träume und deren Bewohner nicht vor.

Danach fuhren wir erneut zur UNI und gemeinsam mit anderen Freunden zu Franks Bekannten, die ein sehr schönes Haus besaßen.

Es war bereits später Abend geworden, als wir dort eintrafen. Viele Männer saßen um den Tisch und aßen. Erst jetzt verspürte auch ich wahnsinnigen Hunger.

Mir fiel auf, dass hier die Frauen nicht bei den Männern beim Tisch saßen, sondern abseits, und sie beteiligten sich auch nicht an den Gesprächen der Männer. Die Teller waren alle vollgefüllt, und auch Frank aß genüsslich. Ich glaube, er sah mir an, dass auch ich Hunger hatte, und forderte eine Frau auf, auch mir etwas anzubieten, was ich dankend annahm. Nach dem Essen begannen die Männer Domino zu spielen.

Noch heute habe ich das Geräusch des Aufschlagens der Steine auf der Tischplatte im Ohr. Es wurde unendlich lange gespielt. Ich saß nur daneben, sprach nichts, schaute nur zu.

Auch Frank spielte mit und zeigte richtige Aggressionen, sobald er merkte, nicht mithalten zu können, weil er keine passenden Steine hatte. Ich wurde nach und nach auf

Grund des Untätigseins sehr müde und konnte meine Augen kaum noch offen halten. Dies merkte Frank und bot mir an, ein Taxi zu rufen, das mich heimbringen sollte. Ich lehnte diesen Vorschlag ab, weil ich Angst hatte, alleine in Kingston mit einem Taxi zu fahren. Schweigend wartete ich ab, bis Frank seinen Freunden sagte: „Sie ist müde, wir werden gehen". Er brachte mit seinem Wagen auch noch einen Freund nach Hause, danach fuhren wir zu Franks Haus.

Frank bot mir das Doppelbett an, denn „hier hast du mehr Platz", meinte er. Ich traute mich nicht, sein Angebot abzulehnen.

Ich ging noch rasch ins Badezimmer, um die Abendtoilette zu machen, schlüpfte in mein Nachthemd und kehrte zurück ins Schlafzimmer. Frank lag bereits im Bett. Kurz danach wusste ich den Grund seines Angebotes, im großen Bett zu schlafen! Er drückte sich mit seinem dunkelroten, kurzärmeligen Pyjama neben mich und begann mich zu streicheln. Einen Kuss wollte er mir auch geben, den ich jedoch geschickt abwehrte.

„Streichle mich hier, hier gefällt es mir am besten", schnaufte er mir in mein Ohr. Ich spürte seinen Atem und mir wurde angst und bange zumute! Ich setzte mich abrupt auf und meinte: „Ich werden mich doch in das andere Bett legen".

Er fragte mich erstaunt: „Was hast du, möchtest du nicht mit mir schlafen?"

Ich verneinte und gab vor, meine Tage zu haben, und außerdem nehme ich die Pille nicht. Danach ging ich in das kleine Bett, nahm meinen Garfield in die Hände, setzte ihn auf meinen Oberkörper und weinte still vor mich hin! Hier halte ich es nicht aus! Ich werde mir ein Hotel nehmen und Runa anrufen. Vielleicht kann ich auch bei ihr wohnen! Mit diesen Gedanken schlief ich ein.

Plötzlich spürte ich, dass mich jemand berührte. Ich riss die Augen auf und erschrak fürchterlich. Frank beugte sich gerade über mich!

Ich stieß einen Schrei aus und krümmte mich zusammen. Er schaute mich überrascht an und ließ mich danach weiter schlafen. Dies musste jedoch schon in der Früh gewesen sein, denn draußen war es bereits hell.

*

Um 9 Uhr wachte ich dann erneut auf.

In mir war eine totale Missstimmung. Wie werde ich ihm klar machen, dass ich mir ein Hotel nehmen möchte, wie wird er reagieren? Das waren meine Überlegungen während des Frühstückskaffees. Frank teilte mir mit, dass er einen Besuch in der Redaktion des „Gleaners" vorhatte, und dass ich dabei die Möglichkeit hätte, zu telefonieren. Eigentlich dachte ich, dass ich von seinem Haus aus telefonieren könnte, doch dies war nicht möglich. Er hatte mir zwar dazumal seine Telefonnummer geschickt, aber ich sah keinen Apparat bei ihm. Wahrscheinlich hatte er die Telefongebühren nicht bezahlt und sein Anschluss wurde gesperrt...

Wir fuhren mit seinem Auto in das Zentrum. Bevor wir in die Redaktion weiterfuhren, ging er noch zur Bank und hob Geld ab. In die „Gleaner-Redaktion" konnte man nur, wenn man einen Ausweis bzw. eine Legitimation bei sich hatte. Durch drei Absperrungen mussten wir durch, bis wir zu einem Warteraum kamen. Frank ließ mich dort zurück und sagte mir, dass er gleich wiederkommen werde. Ich nahm Platz und wartete.

Hier war es angenehm kühl! Eine Klimaanlage ist schon etwas Tolles, besonders in Jamaika!

Plötzlich kam ein Mann auf mich zu und sprach mich an. „What are you doing here", wollte er wissen. Ich antwortete ihm, dass ich auf Herrn Foster warte. Er nickte und verschwand hinter einer Tür.

Nach längerer Zeit erschien Frank, und wir verließen wieder das Verlagsgebäude.

Danach brachte er mich zu einer Telefonzentrale. Dort war es wahnsinnig heiß, und viele Leute warteten. Frank meldete mein Gespräch beim Schalter an. Ich hatte ihm die Telefonnummer der Schwiegermutter meiner Schwester gegeben. Sie wäre ständig erreichbar, was bei meiner Mutter eher unsicher wäre. Nach und nach wurden Telefonate durchgestellt bzw. Verbindungen hergestellt. Da jedoch so viele Menschen hier warteten, ahnte ich, dass es noch sehr lange dauern würde. Frank fand einen freien Platz, setzte sich auf den freien Sessel und verkroch sich hinter einer Zeitung. Mich ließ er stehen...Gentleman? Er hatte keine Anstalten gemacht, mir seinen Platz anzubieten! Ich fand nach langem Stehen einen freien Platz gleich hinter dem Glasschalter der Anmeldestelle.

Frank redete ein paar Mal zu mir herüber und erklärte mir, dass die Verbindung zu dieser Tageszeit immer lang dauere, es wäre vielleicht besser, später nochmals herzukommen. Ich verneinte jedoch und machte ihm klar, dass ich warten möchte. Plötzlich hörte ich die Stimme einer Frau hinter mir, die erneut nachfragte, warum die Verbindung nach Deutschland so lange dauere. Nach ihrem Akzent und den Äußerungen, die sie auf Deutsch machte, schloss ich, dass sie Deutsche war. Ich drehte mich um und sah sie an. Unsere Blicke trafen einander. Sie dürfte vorhin das deutsche Gespräch zwischen Frank und mir gehört haben.

„Soll ich sie ansprechen? Vielleicht kann sie mir weiterhelfen?", dachte ich mir. Sie dürfte meine Gedanken gelesen haben, denn sie kam auf mich zu und redete mich an.

„Ich habe dich vorhin deutsch sprechen gehört, woher kommst du?", fragte sie mich. In einigen Sätzen erklärte ich ihr meine Herkunft und den Grund meines Aufenthalts. Frank blickte auf, als er hörte, dass ich mit jemandem deutsch sprach. Er stand auf, nahm seine Zeitung und meinte mürrisch: „Ich warte im Auto auf dich". Dies war mir nur recht! Ich erkannte nämlich in Sofie, so hieß diese Frau, einen Strohhalm, an den ich mich klammern konnte. Bevor ich jedoch noch beginnen konnte zu erzählen, fragt sie mich erstaunt: „Was, das ist dein Briefpartner, bei dem wohnst du?" Diese Aussage war ein Antupfen an meiner Seele. Ich erzählte ihr, dass ich ausziehen möchte und mir ein Hotel nehmen wolle. Weiter kam ich nicht, denn ihre Telefonverbindung war zustande gekommen. Als sie wieder aus der Telefonzelle kam, fragte sie mich, ob ich mit ihr den Tag verbringen möchte. Sie glaubt zu spüren, dass ich mit jemandem über meine Probleme sprechen möchte!

Wie recht sie doch hatte.

Frank kam nach einiger Zeit zurück in den Warteraum der Telefonzentrale und fragte erstaunt: „Was, du wartest noch immer?", und intervenierte beim Anmeldeschalter. Kurz danach wurde auch mein Name aufgerufen. Telefonzelle 4 wurde mir zugewiesen. Ich hörte bereits Frau Pattner, die Schwiegermutter meiner Schwester, am anderen Ende der Leitung. Auch die Vermittlerin sprach auf Englisch hinein, und Frau Pattner verstand nichts. Ich schaltete mich ein und rief hinein: „Hedwig, ja Maria spricht!" Ein Schwall von Fragen kam auf mich zu, wie es mir gehe und so weiter. Ich sagte ihr nur rasch, dass ich mir ein Hotelzimmer suchen werde und so lange bleibe, bis ich all mein Geld ausgegeben habe. Ich werde mich erneut melden, bis ich eine neue Adresse habe. Es tat so gut, jemand aus der Heimat zu hören!

„Ja, da hast du ganz recht. Wenn es dir bei ihm nicht gefällt, zieh aus".

Das waren Frau Pattners Worte. Sie taten gut. Ich verabschiedete mich, legte auf und ging zum Schalter zurück.

Dort zahlte ich 24 Jamaika Dollars und ging zu Frank, der das Gespräch auch gehört hatte. Er meinte lapidar: „Ich gehe voraus!" Er sah sehr konsterniert drein. Sofie wartete bereits auf mich und erklärte mir: „Komm, lass uns gehen!" Gemeinsam gingen wir zu Franks Auto. Sofie stellte sich vor, und Frank sprach englisch mit ihr, „Sie kennen mich doch", erklärte ihm Sofie auf Deutsch. „Wieso sprechen Sie mit mir englisch? Wir kennen uns von der Ausstellung vom letzten Monat." Frank tat erstaunt und wollte nicht zugeben, ihre Bekanntschaft bereits früher einmal gemacht zu haben.

„Ich werde mit Maria den heutigen Nachmittag verbringen. Könnten Sie sie am Abend bei mir abholen?", fragte Sofie anschließend und nannte ihm ihre Adresse. Frank jedoch entgegnete: „Ich bin heute Abend bei einer Galerieeröffnung. Wir können uns dort treffen. Zwischen 8 und 9 Uhr abends". Sofie und ich waren über seine Ablehnung, mich abzuholen, erstaunt. „Gut, ich werde Maria dorthin bringen!" Frank erklärte ihr, wo diese Eröffnung sein werde, und wir verabschiedeten uns.

Ich war erleichtert! Wir waren kaum außer Sichtweite, als ein Tränenfluss über mein Gesicht stürzte.

„Ich halte es nicht mehr aus, er will von mir mehr, als ich bereit bin zu geben", stammelte ich, „hilf mir, bitte!". All das und noch einige Einzelheiten brachte ich stockend unter Tränen hervor.

„Wir werden mit dem Bus zu mir fahren. Ich stelle dir meine Freunde vor. Du wirst sehen, es wird dir dann gleich besser gehen!", mit diesen Worten versuchte Sofie mich zu beruhigen.

Zur Busstation war es ein langes Stück zu gehen. Viele Leute kamen uns entgegen, schauten mich an und wunderten sich, warum ich völlig aufgelöst durch die Straßen lief. Plötzlich stieg mir angenehmer Duft in die Nase. - Fischverkauf – gebraten - mehr oder minder -auf offener Straße in einer kleinen Hütte, die dort stand. Eine Wellblechhütte, einfachst eingerichtet, ein kleiner Ofen davor. Wir machten Halt, kauften uns jeder ein Stück und setzten uns in die kleine Hütte, die uns richtiggehend einlud. Kleine, jamaikanische Kinder saßen auf dem Fußboden und spielten mit einem Stück Holz in der Erde. Langsam fand ich die Fassung wieder. Danach gingen wir weiter, bis wir endlich die Busstation erreicht hatten.

Wir warteten in der Mittagshitze. Bald kam auch ein VW-Bus die Straße entlang. Sofie winkte, worauf dieser stehen blieb. Der Bus war eigentlich bereits überfüllt, aber wir zwängten uns hinein. „Es kann sehr lange dauern, bis der nächste kommt", meinte sie und saß auch schon in der letzten Reihe zwischen einem jungen und einem alten dunkelhäutigen Jamaikaner, die gar nicht wussten, wie ihnen geschah. Aber, es ging sich platzmäßig ja wirklich aus! Ich blieb in leicht gebückter Stellung stehen. Der Bus war leider nicht so hoch, dass ich aufrecht stehen konnte. Bei der nächsten Station stieg jedoch ein älterer Mann, der neben Sofie saß, aus und machte auch mir hiermit Platz. Es tat gut zu sitzen. Meine Gedanken machten sich plötzlich wieder selbstständig, und die Tränen stiegen erneut auf. Sofie fuhr mir über den Arm und versuchte, mich zu beruhigen.

„Oh Mann, ich glaube, du hast viel mitgemacht! Dich lasse ich nicht mehr zu diesem Kerl zurück. Du kannst zu mir ziehen. Ich habe mir erst vor kurzem einen Bungalow genommen. Er ist zwar noch nicht vollständig eingerichtet, aber es wird schon gehen. Betten habe ich auch noch nicht, aber meine Freunde werden mir schon etwas borgen. Ich werde das schon organisieren. Nur: Luxus gibt es bei mir keinen!" Wie wohl taten mir Sofies Worte.

Nach längerer Busfahrt erreichten wir unser Ziel. Wir stiegen aus und gingen in Richtung einer Galerie. Diese stand inmitten eines Gartens und war umringt von Bäumen, Sträuchern und wunderschönen Blumen. Düfte von der üppigen Vegetation stiegen in meine Nase.

Sofie marschierte voraus, klopfte an die Tür und wollte eintreten, doch die Tür war zugesperrt. Von nebenan erschien eine junge Frau und grüßte Sofie. Auch sie kannten einander. Mirella, so hieß diese junge Jamaikanerin, erklärte uns, dass Mrs. Stone, die „Garden Gallery"-Besitzerin, weggefahren sei. Sie bat uns, zu ihr ins Geschäft zu kommen. Sofie machte uns bekannt und erzählte in wenigen Sätzen von meinem abenteuerlichen Aufenthalt. Ich stand daneben und hörte nur zu...

Als ich erneut meine Lage geschildert bekam, begann ich wieder zu weinen. Mirella kam zu mir, bot mir einen Sessel an und strich mir über den Kopf. „Mrs. Stone wird dir helfen können. Bei uns bist du gut aufgehoben." Nach diesen Worten musste ich erst recht bitterlich weinen. Taschentücher hatte ich auch keine mehr und bat Sofie, ob sie mir irgendetwas zum Naseputzen organisieren könnte. Sie dolmetschte für mich, und Mirella brachte mir ein ganzes Packerl Taschentücher. All diese Leute waren so hilfsbereit!

Vor der Eingangstür blieb plötzlich ein Auto stehen. Beide, Sofie und Mirella, begaben sich hinaus. Ich blieb sitzen und sah mich in dem Raum um. Wunderschöne, alte Möbel waren hier ausgestellt. Ein Stück schöner, und bestimmt auch wertvoller, als das andere. Ja, das musste ein Antiquitätengeschäft sein. Sofie kam mit Mirella und einer anderen Frau wieder herein. Auch diese Frau war dunkelhäutig, etwas dicker und trug einen lustigen Strohhut auf dem Kopf. Sofie stellte mir Caroline vor, die Besitzerin der 'Garden Gallery'. Sie redete sofort auf mich ein, sehr rasch und ein wenig im jamaikanischen Dialekt. Ich schaute zu Sofie, die sofort meinen Blick verstand und dolmetschte. Sofie erklärte beiden Frauen, dass ich zwar englisch spreche und verstehe, man müsse jedoch langsam sprechen. Auch Caroline wusste über mich und über mein Vorhaben bereits Bescheid. Ich wollte weg, nur weg von diesem Mann, der sich anders gab, als er sich in den vielen Briefen darstellte. Auch die Lobesworte von dem Wiener Diakon entsprachen nicht der Wahrheit. Die drei Frauen heckten einen Plan aus, wie wir zu meinen persönlichen Sachen kommen könnten. Caroline wird mit mir meine persönlichen Dinge von Frank holen.

Sofie wollte sich bei der „Aktion" eher heraushalten, da sie illegal nach Jamaika eingereist war. Sie hatte keinen Immigrationsstempel, weil sie sich nicht so lange beim Schalter anstellen wollte. Dieser Stempel hätte ihr auch nur den Aufenthalt - ich glaube - für 3 Monate genehmigt. Danach hätte sie für einen Tag ausreisen müssen, um erneut einen Stempel für weitere drei Monate zu erhalten. Und dieses Hin und Her wollte sie sich sparen. Jetzt lebte sie bereits seit 5 Jahren auf Jamaika, arbeitete hier in der Foundry (= Gießerei) und sei vollkommen zufrieden und glücklich. Das alles erzählte sie mir so „nebenbei". Na, die hat Nerven!

Caroline, eine äußerst tatendurstige, starke Frau, hatte bereits eine Idee, aber zuerst musste einmal etwas gegessen werden, denn ich sehe erbärmlich aus, meinte sie.

Sie lud Sofie und mich in ihr Auto, fuhr zu einem Fischmarkt, kaufte dort einen Fisch und brachte uns danach in ein mir fremdes Haus.

„Hier wohnt Doc, ein ganz netter Mann. Wir werden hier kochen", erklärte Caroline.

Caroline nahm den Fisch und betrat gleich das Haus. Doc kam uns entgegen und war sichtlich überrascht. Nach einigen Erklärungen wusste auch er Bescheid und ließ Caroline in seiner Küche walten. Doc wohnte hier alleine. Seine Frau, so erzählte mir Sofie, wohnte einige Häuser weiter und beide führen ihr eigenes Leben. Das Haus war nach amerikanischem Stil eingerichtet und bot in der Küche jeden Komfort. Alles funktionierte elektrisch, was ich in Jamaika eigentlich nicht erwartet hätte. Hier herrschen totale Gegensätze zwischen Arm und Reich. Eine sogenannten „Mittelschicht" gibt es hier auf der Insel nicht.

Entweder besitzt man alles, oder nichts. Sofies Freunde gehörten zu den Erstgenannten.

Bald war das Essen fertig, an dem ich mich ausreichend labte. Zum Fisch bekam ich frisch gepressten Saft aus einer Passionsfrucht. Diese Frucht wuchs zwar auf dieser Insel, war jedoch selten zu finden. Sie beinhaltet sehr viele Vitamine. Als Doc sah, dass Caroline diese Frucht presste, war er sehr überrascht, was sein Gesicht auch widerspiegelte. Caroline sah dies und meinte nur: „She needs it!"

In der Zwischenzeit wurde es sehr spät. Ich machte Sofie darauf aufmerksam, dass Frank auf mich in der Ausstellung warte, doch Sofie meinte: „Er wird eben warten müssen".

Mit einer Stunde Verspätung führte mich Caroline mit ihrem Auto zur Ausstellung, doch Frank war nicht mehr hier. Die Leiterin der Ausstellung sagte uns, dass er bereits vor einer Stunde die Galerie verlassen hatte. Er hatte nicht einmal eine Viertelstunde auf mich gewartet!

Wir mussten zu Franks Haus weiterfahren. Ich wusste jedoch nicht die genaue Adresse, und so fragten wir öfters nach Mr. Foster. Hier in dieser Gegend sahen alle Häuser irgendwie gleich aus! Alle weiß getüncht, umringt von einem Garten und einem Gittertor davor!

Nach langem Suchen fanden wir das Haus. Wir stiegen aus, und ich bat Caroline, mich nicht allein zu lassen, da ich Angst hatte. Vor dem Gittertor blieben wir stehen. Das Tor war versperrt. Auch das noch! Was stellte sich Frank vor? Glocke gab es keine. Caroline rief seinen Namen, doch niemand kam aus dem Haus. Sie rüttelte daraufhin am Tor. Plötzlich wurde ein Vorhang beim angrenzenden Haus zur Seite geschoben. Ein Ehepaar, die Nachbarn von Frank, erschienen am Fenster und öffneten es. Caroline erklärte ihnen, dass wir zu Herrn Foster wollten, doch er hatte uns nicht gehört. Sie mögen uns doch aufsperren. Die Frau meinte gelassen, dass Mr. Foster wahrscheinlich nicht zu Hause wäre. Ich stieß Caroline an und sagte ihr, dass sein Auto hier stehe.

Caroline gab das lautstark weiter und meinte, dass er sehr wohl zu Hause sei, sie mögen doch bei ihm bitte klopfen. „This isn't our problem", war die Antwort der Frau.

Caroline wurde noch lauter und meinte, dass ich ein ausländischer Gast sei, und ich von der Hilfsbereitschaft der Jamaikaner sehr enttäuscht sei: „We must go in! Should we climb over the gate?", fragte sie daraufhin.

Dem Ehepaar war es egal, die Frau schloss lautstark das Fenster. Der Vorhang wurde wieder vorgezogen, und wir waren nun unserem Entschluss, über den Zaun zu klettern, sicher. Caroline stieg bereits hinauf und meinte: „I can't understand these people. I have 40 years and must climb over the gate like a goat. Come on, Maria!"

Ich musste innerlich lachen, stieg jedoch auch über den Zaun. Dann ging ich voraus, und Caroline flüsterte mir zu, dass ich anklopfen, aber nicht sagen solle, dass sie mit sei. Vielleicht öffnet er sonst nicht.

Mein Herz begann rascher zu schlagen. Wie wird er reagieren?

Ich klopfte zaghaft an und rief: „It's me, Maria!" Gleich danach wurde die Tür geöffnet.

Frank trug bereits seinen - von mir so verhassten - dunkelroten Pyjama! Caroline stand einige Schritte hinter mir und konnte von Frank nicht gleich gesehen werden. Frank erblickte mich, setzte sein Schmunzeln, das ich so verabscheute, auf und fragte: „Wo warst du? Ich habe gewartet!" Ich erklärte ihm alles auf Englisch, damit Caroline, die sich bereits zeigte, alles verstehen konnte. Wir hatten uns im Auto ausgemacht, dass ich mit ihm nur englisch sprechen werde.

Als er meine Begleiterin entdeckte, fragte er mich wieder auf Deutsch, wer dies sei. Ich stellte ihm mit kurzen Worten Caroline vor, die immer noch stumm daneben stand, und sagte: „I want my clothes. I will leave you! " Daraufhin ging ich in das Zimmer, in dem meine Sachen waren und Caroline begann wie wild, ihm Vorwürfe über sein Verhalten mir gegenüber zu machen. Das Land erhalte durch solche Aktionen einen äußerst schlechten Ruf. Er könne mich doch nicht einladen und dann keine Zeit für mich haben.

Frank wurde von diesem Wortschwall, denn redegewandt war Caroline, regelrecht niedergeredet. Er kam mir nach ins Schlafzimmer und meinte: „Lass uns nochmals darüber sprechen. Was ist denn passiert? Deine Freundin soll draußen warten!" Ich erklärte ihm auf Englisch, dass es nichts mehr zur reden gebe und dass Caroline nicht draußen warten werde. - Im Gegenteil, ich rief Caroline herein, damit sie mir beim Packen helfen möge.

Während ich meine Waschsachen aus dem Badezimmer holte, schilderte sie Frank dramatisch unsere Zaunübersteigung. „Was haben Sie sich dabei gedacht, als sie das Tor absperrten. Zeigt das von Gastfreundschaft? Was wird unser österreichischer Gast zu Hause über das Land erzählen?"

Frank bemerkte, dass er bei Caroline keine Chance hatte. Er redete daraufhin auf mich ein und wollte mich zurückhalten.

Er packte mich beim Arm und flüsterte mir zu: „Lass uns nochmals reden!" Ich riss mich los und schrie ihn zornig und selbstbewusst an: „Don't touch me!" (Caroline war ja in meiner Nähe... da fühlte ich mich stark!)

Ich verstaute die letzten Sachen im Koffer, sah beim Hinausgehen noch die Kassetten, die ich ihm geschenkt hatte, schnappte auch diese und sagte zu Caroline: „I'm ready, let's go!" Sie drehte sich zu Frank und fragte: „Mister Foster, should we climb again over the gate?" Frank lachte verlegen und sagte: „No, I'll open it!"

Caroline nahm meinen Koffer, ich trug meine Kleider über den Arm gelegt, und wir marschierten festen Schrittes in Richtung Tür. Frank versuchte noch einmal, Caroline zu beschwichtigen. Er machte sich Sorgen, wo ich jetzt wohnen werde und fragte: „Where is Sofie Raab. I met her today in the City. Will Maria stay at her?" Doch Caroline gab ihm keine Antwort sondern meinte nur: „Mr. Foster, please unlock the door!" Er sperrte uns widerwillig auf, und wir verließen seinen Garten. Mein Gepäck wurde im Auto verstaut, als Frank uns zurief: „Mrs. Stone, darf ich Ihnen einen Rat geben?" Caroline erwiderte: „Ich brauche keinen Rat von Ihnen, Mr. Foster. Aber ich gebe Ihnen einen: Laden Sie sich keine Gäste mehr ein. Good night."

Der Wagen wurde gestartet und ab ging es. Gott sei Dank! Franks kleiner Vogel ist es gelungen, aus dem goldenen Käfig zu entkommen...

Plötzlich lachte Caroline laut auf! „Can you imagine, like a goat over the gate!" Sie lachte herzlich über dieses Bild, auch ich schmunzelte und sagte nur: „Thanks for your help!"

3.

Wir fuhren zurück zum Haus des Doktors. Er und Sofie erwarteten uns bereits. Lange genug waren wir ja weg. Gleich danach fuhr uns Caroline zu Sofies Haus. Beide halfen mir, meine Sachen hineinzutragen. Mirella hatte in der Zwischenzeit noch eine Matratze, einen Kopfpolster und eine Decke für mich organisiert.

Sofies Haus bzw. ihre Räume, waren einfach, aber sehr gemütlich. Ein paar Stufen führten vom Garten in einen Bungalowanbau. Ein lang gestrecktes Wohnzimmer mit einer kleinen Kochnische, ein kleines Schlafzimmer und ein Badezimmer bildeten „ihr Reich".

Die zweite Matratze wurde auf den Boden neben Sofies gelegt, die Kleider in den bereits überfüllten Schrank gehängt und der Koffer teilweise ausgeräumt. Es war nicht ausreichend Platz, aber für mich war es okay, „aus dem Koffer" zu leben.

Caroline verabschiedete sich und ließ uns alleine. „Close the door behind me, Sofie", mahnte sie noch, bevor sie ging. Sofie meinte nur, dass sie keine Angst hätte, wer könnte von ihr schon etwas wollen. Sie tat jedoch, wie von Caroline verlangt.

Ich hatte jetzt nur noch einen Wunsch: Schlafen! Morgen könnten wir ja noch genug plaudern. Die Abendtoilette war rasch erledigt...

Wir ließen die Verbindungstür vom Wohnzimmer ins Schlafzimmer offen, da es sehr heiß war. Dadurch gab es eine leichte Abkühlung. Ich schlief trotz der Hitze sehr bald ein. Der Tag war ja äußerst ereignisreich.

*

Am nächsten Morgen frühstückten wir gemütlich, und Caroline kam auf einen Sprung vorbei. Sie lud mich ein, die nächste Nacht bei ihr in den Bergen zu verbringen. Dort sei es auch ein bisschen kühler und ihre Familie möchte mich kennenlernen. Ich zögerte einen Moment, weil ich ein wenig ratlos war. Wer ist diese Familie? Ich bin doch erst so kurz bei Sofie. Ist sie mir böse, wenn ich das Angebot annehme? Sofie merkte sofort meine Unentschlossenheit und redete deswegen mir zu „Carolines Haus ist so toll, du solltest die Gelegenheit nützen. Fahr mit. Mir macht es nichts!"

Daraufhin sagte ich Caroline dankend zu. Wir machten uns aus, dass sie mich am Abend von Sofie abholen werde.

Sofie wollte an diesem Tag Daniel, einen ehemaligen Freund von ihr, besuchen. Auch er war Jamaikaner, jedoch einer der wenigen hellhäutigen. Sofie war für längere Zeit seine Geliebte und brachte ihn mit Hilfe eines „Wundergerätes" weg vom Alkohol. Dies erzählte sie mir auf dem Weg zu ihm. Der Bus brachte uns zu seinem Haus. Wieder war das eine kleine Odyssee - diese Fahrt.

Daniel, ein etwa 40-jähriger, schlanker Mann, wirkte gleich nach dem ersten Augenblick auf mich äußerst positiv. Er strahlte völlige Ruhe aus. Seine schwarzen Haare wurden von einigen grauen Strähnen durchzogen, seine Sprache war gewählt und schön.

Er war ein arbeitsloser Lehrer, der sich nun wissenschaftlich betätigte. Einige Zeit schon stellte er verschiedene Untersuchungen, die Zuckerproduktion Jamaikas betreffend, an, die er in einem Buch zusammenfassen wollte. Irgendwie war es jedoch von dem Zustandekommen des Buches nicht überzeugt, aber Sofie redete ihm kräftig zu.

Daniel erzählte mir sehr viel über die Regierungsmissstände von Jamaika, über Fehler verschiedener Produktionen bzw. deren Export, gab mir Details und Ergebnisse seiner Untersuchung wieder und redete und redete. 4 Stunden lang - fast ein Monolog seinerseits. Mir fiel es zunehmend schwerer, der englischen Sprache zu folgen. Es war sehr anstrengend. Während des Gesprächs spielte ich mit meinem Uhrband, das jedoch plötzlich riss. Daniel bemerkte dies und wollte versuchen, es zu reparieren. Dankend übergab ich ihm die Uhr.

Ich durfte sein Telefon benutzten, um meine Mutter anzurufen. Sofie stellte über die Vermittlung die Verbindung her. Nach kurzer Zeit vernahm ich das Läuten am anderen Ende der Leitung. Dann hörte ich die mir so wohl vertraute Stimme! Meine Maminka! Wie sehr sie mir fehlte! Es war für mich ein unbeschreibliches Gefühl, als ich mit meiner Mutter telefonierte. Ich gab ihr meine neue Adresse durch. Sie merkte - an meiner Stimme wahrscheinlich - dass mir meine Heimat sehr fehlte und versuchte, mich aufzuheitern. Deswegen teilte sie mir auch mit, dass es unseren Hahn, der jedem nachgelaufen und angesprungen ist, nicht mehr gibt.

Eine ganz unbedeutende Neuigkeit, die per Telefon über den großen „Teich" gesandt wurde, gab mir „Bände", obwohl jede Minute ein kleines Vermögen kostete.

Ich glaube, meine Mutter spürte, wie sehr ich sie vermisste. Mir wurde mein Hals zugeschnürt, meine Stimme bekam ein leichtes Zittern.

„Ich muss Schluss machen, es wird sonst zu teuer. Es geht mir gut, ich melde mich wieder. Grüße alle von mir", schaffte ich gerade noch, dann legte ich auf. Die Tränen rollten mir bereits wieder über die Wangen. Daniel wusste nicht, was los war, deswegen erklärte ihm Sofie die Situation. Er holte mir daraufhin eine Dose Bier und meinte, ich soll mich stärken, und war überzeugt „Everything is alright now". Die Vermittlung rief zurück. Das Gespräch kostete 32 jamaikanische Dollar und das ohne stundenlang gewartet zu haben.

Bald hieß es, dass wir wieder gehen.

Meine Uhr ließ ich bei Daniel, wir verabschiedeten uns. Ich war sicher, ihn wiederzusehen, er hatte ja meine Uhr!

Der Weg zurück zu Sofies Haus kam mir viel kürzer vor als zuvor. Woran lag es? Sah ich Jamaika jetzt mit anderen Augen? Konnte ich die Schönheit der Insel nun erkennen? Lag es an der „gewonnenen Freiheit"?

Am Abend holte mich Caroline ab. Ihre beiden Söhne, Edwin und Peter, warteten im Auto. Ich nahm meine Waschtasche, Reservekleider und das Nachtgewand und verabschiedete mich von Sofie - mit nicht ganz leichtem Herzen.

„Du wirst sehen, es gefällt dir bei ihr", rief sie mir noch nach.

Die Autofahrt ging über Stock und Stein und dauerte etwa eine dreiviertel Stunde, bis wir Carolines Haus in den Red Hills erreichten. Es sollte für mich ein neues Kapitel in Jamaika beginnen!

Ein Blumenmeer bot sich meinen Augen. In jedem Eck duftete es anders. Caroline schob mich in das Haus und meinte, dass ich morgen noch genug Zeit hätte, all das zu besichtigen.

Ihr Mann war nicht zu Hause. Er spielte in der nahegelegenen Kirche Orgel, aber bald werde er da sein. Caroline zeigte mir „mein" Zimmer. Ein kleiner Raum tat sich vor mir auf, mit einem großen Bett, einem Fenster, mit zugezogenem Vorhang und einem Radio!

Nachdem ich meine Sachen in das Zimmer gestellt hatte, ging ich in die Küche, aus der ich Caroline hörte. Auch diese Küche war typisch amerikanisch eingerichtet. Caroline bereitete ein Abendessen zu, und bald danach kam ihr Mann nach Hause. Mr. Stone war hauptberuflich Maler. Seine Bilder hingen teils in der Gallery und teils im Haus. Er zeigte mir, nachdem wir uns begrüßt hatten, sein Lieblingsbild! Ein Blumenmeer war zu sehen, farbenprächtig, realistisch und sehr schön gearbeitet. Es hing über dem Piano.

Als wir zu Abend aßen, stellte ich fest, dass in Jamaika andere Sitten herrschten. Beide Söhne, Edwin und Alexander und ein Adoptivkind namens Peter, saßen nicht mit uns an einem Tisch im Wohnzimmer, sondern aßen allein in der Küche.

Nach dem Essen plauderte ich mit Edwin, dem älteren Sohn von Caroline. Er spielte für mich auch auf dem Piano. Es war ein glückseliges Gefühl für mich.

Als seine Eltern zu Bett gingen, diskutierten wir noch lange über dies und jenes, bis wir plötzlich aus dem Schlafzimmer eine sonore Stimme hörten: „Edwin, Maria is tired. She wants to go to bed!" Carolines Stimme! Obwohl sie eigentlich nicht Recht hatte, stand Edwin kommentarlos auf, wünschte mir eine gute Nacht und verließ mich.

Daraufhin drehte ich das Licht im Wohnzimmer ab, ging kurz ins Badezimmer und dann in mein Zimmer. Die Luft war schlecht, da das Fenster geschlossen war. Ich schob den Vorhang leise zur Seite und wollte es öffnen. Da bemerkte ich erst, dass auch hier - so wie bei Sofie, dicke Gitterstäbe vor dem Fenster waren. Unbesorgt öffnete ich das Fenster! Die Luft, die hereinkam, was angenehm kühl. Ich zog mir mein Schlafgewand an, kroch unter die Decke und schlief sehr bald ein.

*

Am nächsten Morgen, es war etwa 8 Uhr, kam Caroline in das Zimmer und weckte mich. Sie sah das geöffnete Fenster und erklärte mir aufgeregt, dass es zu gefährlich sei, die Fenster über Nacht offen zu lassen. Ich entschuldigte mich und sagte ihr, dass ich dies nicht gewusst hätte. Wir frühstückten gemeinsam. Caroline machte mir Schinken mit Ei. Dazu gab es Fruchtsaft und echten, jamaikanischen Kaffee, keinen Löskaffee, so wie bei Frank. Kaffee war hier auf Jamaika sehr teuer, da aller Kaffee exportiert wurde.

Noch während des Frühstücks rief Caroline ihren Sohn. „Please, iron my shirt, the white one". Ich war überrascht, als Edwin kommentarlos den Bügeltisch aufstellte, das Bügeleisen holte und das Kleidungsstück bügelte. Wie ein Sklave...

Auf der Fahrt zurück zu Sofie erzählte mir Caroline von ihrer Tochter Velene, in deren Zimmer ich übernachtet hatte. Sie hatte Musik studiert und arbeite derzeit in den Staaten. Caroline war sehr stolz auf ihre Tochter, das konnte ich aus ihren Erzählungen heraushören. Ich wurde vor Sofies Garten abgesetzt. Caroline wollte am Abend noch einen Sprung bei uns deutschen Mädels („German Girls" - so nannte sie uns gerne und lachte dazu) vorbeischauen.

Sofie wartete bereits auf mich. Ich schwärmte ihr gleich von dem tollen Haus vor, während Sofie einige Hausarbeiten erledigte. Zu Mittag aßen wir ein paar Früchte, als plötzlich jemand in der Tür stand - ein Dunkelhäutiger!

Ich erschrak, da er so lautlos vor uns stand. Sofie kannte ihn jedoch und stellte ihn mir vor. John, ein Jamaikaner, wollte nachfragen, wie es uns gehe. Caroline hatte ihm erzählt, dass ein Mädchen aus Österreich bei Sofie wohne. Sofie freute sich, dass er vorbeischaute, denn sie brauchte ohnehin eine Auskunft von ihm. Sie suchte eine Kochplatte, denn der Herd, der hier in ihrer Kochnische stand, funktionierte nicht.

Da John sehr viele Leute kannte, erhoffte sich Sofie von ihm einen Hinweis, wo sie so eine finden könnte. Zu teuer dürfte die Kochplatte auch nicht sein, denn ihr Gespartes war fast aufgebraucht, und ihre Skulpturen waren noch nicht zum Verkauf ausgestellt.

John erzählte von einem Flohmarkt, der an diesem Samstag stattfindet, wir könnten doch dort suchen, vielleicht finden wir etwas.

Sofie war gleich Feuer und Flamme. Johns Wagen stand vor der Tür. Ein alter Jeep, der jedoch noch recht gut aussah. Wir fuhren vorher noch auf einen Sprung bei Carolines Gallery vorbei, um ihr mitzuteilen, dass wir erst später zurück sein werden. Da sie jedoch vorhatte, ihr Geschäft früher als sonst zu schließen, verabredeten wir uns für den nächsten Tag. Sie plante, mit mir ans Meer zu fahren! Am Sonntag werden zwar viele Leute dort sein, aber Caroline hätte nur an diesem Tag Zeit.

Danach fuhren wir zum Flohmarkt weiter, der in dem Garten einer Kirche stattfand. Viele Leute suchten herum, probierten dieses und jenes und handelten um den Preis. Der Garten war wunderschön angelegt. Ein paar Bäume spendeten Schatten. Dahinter lag ein lang gestrecktes Haus, in dem auch Dinge zum Verkauf angeboten wurden. Sofie und ich schlenderten einmal gemeinsam durch und schauten uns alles an. Eigentlich wurde nur Krimskrams angeboten, doch die Leute kauften eifrig. Der Erlös sollte der Kirche zugutekommen.

Als wir aus dem Haus traten, erblickte Sofie im Schatten eines Baumes eine ältere Frau bei einem Tisch sitzen. Auf dem aufgestellten Plakat, das vor ihr stand, erfuhr man, dass sie einem aus den Karten liest. Sofie stieß mich an und meinte: „Komm, wir lassen uns die Zukunft voraussagen!" Sie lachte dabei herzlich. Insgeheim glaubte sie ja an Traumdeutung und Kartenleger. Diese Frau machte das scheinbar nur hobbymäßig.

Die Frau sah uns auf sie zukommen und winkte uns gleich herbei. Sofie bat sie, dass sie uns die Karten legen möge. Im gleichen Atemzug erklärte sie ihr, und dass ich nicht von hier sei. Sie möge langsam sprechen, dann könnte ich schon alles verstehen. Doch ich bat Sofie, bei mir zu bleiben, falls ich trotzdem etwas nicht verstehen würde. Die Frau, eine hellhäutige Jamaikanerin, bestätigte uns auch dann, dass sie das Kartenlesen nicht beruflich mache. Sie interessiere sich lediglich dafür, und der Erlös davon komme auch der Kirche zugute.

Das war okay für uns. Die Frau mischte die Karten und legte sie für mich im Halbkreis vor ihr auf.

Gleich auf der ersten Karte konnte man ein Gerippe sehen. Sie deutete dies, dass das Ende einer gewissen Periode gekommen sei und ein neuer Beginn gemacht werden müsse. Ich schaute Sofie an, und ich glaube, sie dachte das gleiche: Frank.

Sie erzählte mir noch einiges andere, was aber nicht von großer Bedeutung für mich war.

Zum Schluss gab sie mir den ganzen Kartenstoß in die Hand. Ich sollte mir eine Frage überlegen, sie aber nicht sagen. Das tat ich auch. Dann mischte ich die Karten, zog drei davon heraus und legte sie auf den Tisch. Die Frau betrachtet die Karten, sagte mir, dass die Antwort auf meine Frage „ja" sei. Danach nahm sie noch zwei Karten aus dem Stoß und meinte: „Sie haben sich gefragt, ob Sie jemals heiraten und Kinder bekommen werden?" Als ich das hörte, überlief mich ein Schauer. Zufall? Glück? Voraussagung? Ich war sehr erstaunt! Es war meine gedachte Frage...

Anschließend war Sofie an der Reihe. Wir waren beide schon sehr neugierig.

Träumte doch Sofie tags zuvor von einem Sturz von einer Mauer. Sofie deutete dies als „auf die Nase fallen" und „wachgerüttelt werden", dass sie sich bewusst wurde, dass sie etwas ändern müsste. Dabei dachte sie auch gleich an ihren Emigrations-Stempel, der ihr noch immer fehlte. Sie wollte dies bald erledigen, denn Frank wusste auch davon.

Die Frau mischte die Karten und legte sie auf.

Die erste Karte, die die Frau für Sofie aufdeckte, stellte ein Kirchenzentrum mit einer angrenzenden Mauer dar. Eine Person war auf diesem Bild zu sehen, die gerade von dieser Mauer stürzte, von der sich einige Steine gelöst hatten und zu Boden fielen. Als Sofie und ich dieses Bild sahen, warfen wir einander einen Blick zu - Sofies Traum. Die Jamaikanerin deutete diese Karte genauso wie Sofie ihren Traum gedeutet hatte.... Wir waren beide wie vom Donner gerührt. Die Gänsehaut lief mir über den Rücken. Sofie erging es nicht anders. „Gleich morgen werde ich meine Bekannte anrufen, um den fehlenden Stempel zu bekommen", sagte mir Sofie aufgeregt.

Noch mehr erstaunt war ich über die Deutung der Karten, die für Sofie gelegt wurden: Reichtum, Glück und Berühmtheit. Ja, das wünschte ich auch Sofie! Sie ist so eine gutmütige Person!

Nach diesem Tarot-Reading gingen wir ein wenig nachdenklich zurück zum Flohmarkt. John hatten wir fast vergessen. Er hatte sich zu einem Tisch gesetzt und fadisierte sich sichtlich.

Wir signalisierten ihm von der Ferne, dass wir bald fahren könnten, einmal möchten wir aber noch in das Haus hineinschauen. Dabei erblickte ich eine aus Holz geschnitzte Figur, die ich, nachdem ich auch ein wenig um den Preis gehandelt hatte, kaufte. Sofie entdeckte plötzlich auf einem Metallständer hübsche Kleider.

Eine jamaikanische Frau löste ihren Haushalt und ihre Garderobe auf, weil sie auswandern werde. Die Frau sah sehr gepflegt aus, und ihre Kleider waren sehr hübsch. Noch dazu war dies die Größe, die Sofie passte. Sie schnappte sich fünf oder sechs Stücke und probierte sie an. Ich musste ihr meine ehrliche Meinung sagen, ob ihr diese Kleider auch zum Gesicht standen. Sofie war optisch ähnlich wie ich, auch trug sie ihre blonden Haare kurz.- Da die Kleider alle etwas weiter geschnitten waren, wurde ihre etwas molligere Figur ein wenig kaschiert. Ihr leichter

Bauchansatz wurde gut verdeckt. „Ja, die nehme ich alle. Ich werde nämlich demnächst meine Ausstellung eröffnen, dafür brauche ich hübsche Kleider. Auch werde ich fürs Fernsehen ein Interview geben, da muss ich doch gut gekleidet sein!", rief sie vor Freude, „denn, davon habe ich schon geträumt. Und Mrs. Alexander hat mir große Popularität vorausgesagt".

Mrs. Alexander war eine „Hellseherin", wurde aber von sehr vielen Jamaikanern abgelehnt, da sie „im Bund mit dem Teufel stehe." Doch Sofie hatte guten Kontakt zu ihr und ließ sich öfters einen Rat geben, wenn sie sich für etwas Größeres oder Bedeutenderes nicht entscheiden konnte. Auch ich hatte den Wunsch, sie kennenzulernen, was mir Sofie auch versprach.

Die Anprobe hatte ziemlich lange gedauert, und John wartete geduldig im Garten.

Sofie handelte noch um den Preis und verließ danach vollbepackt das Haus. Sie entschuldigte sich bei John, weil es so lange gedauert hatte. Doch John lachte nur und meinte: „Where is your stove?"

Vieles hatte Sofie gekauft, aber, das, was sie gesucht hatte, hatte sie nicht gefunden.

John brachte uns zurück in Richtung Sofies Haus, ließ uns aber gleich beim Supermarkt aussteigen. Wir kauften Früchte und eine bereits gekochte Krabbe für das Abendessen. Bepackt wie zwei Maulesel marschierten wir die Straße entlang. Die Taschen waren ganz schön schwer. Wir hatten noch einen langen Weg vor uns. Da hatte Sofie eine Idee: „Ich werde ein Auto stoppen." Sie wartete kaum auf eine Widerrede meinerseits, sondern hielt bereits einen Wagen an. Dieser fuhr jedoch nicht in unsere Richtung. Doch gleich danach hatte sie Glück. Der Mann brachte uns bis vor das Haustor. Für mich war die Fahrt aber eher unangenehm... ich saß nämlich auf der Rückbank des Autos neben einem großen Hund, der mich andauernd beschnupperte und abschlecken wollte.

Zuhause angekommen, setzten wir uns auf die Stiegen vor das Haus und zerhämmerten die Krabbe. Das Fleisch schmeckte sehr würzig, war aber nur wenig. Ein Gärtner beobachtete uns und schenkte uns dazu ein Stück Brot, das er im Feuer geröstet hatte. Er arbeitete bereits den ganzen Tag hier und jätete im Garten. Das Unkraut verbrannte er gleich im hinteren Teil des Gartens, deswegen konnte er uns auch das Brot rösten. Er schenkte uns auch zwei Mangos, die er im Garten gefunden hatte. Sie schmeckten herrlich.

Sofie erzählte mir, dass dieser Gärtner vom anderen Teil der Stadt aus dem Armenviertel gekommen war. Sein „Lohn" für den Tag sei so gering, dass er sich gerade die Busfahrt hierher und zurück und einen Laib Brot leisten könne. Mehr war nicht möglich. Und er schenkte uns ein Stück davon...

Hiermit kannte ich das andere Extrem der Bevölkerungsschicht.

Bald danach zogen wir uns zurück. Es war bereits spät geworden. Am darauffolgenden Tag werde Caroline sehr zeitig kommen, wir wollten ausgeschlafen sein. Sofie sperrte die Türe ab. Viel lieber würde sie sie offen lassen, aber Caroline drängte sie stets dazu.

„Hier ist es anders als in Deutschland. Nicht umsonst hat man auch Gitter vor jedem Fenster", mahnte sie oftmals. Doch Sofie entgegnete ihr jedes Mal: „Wer sollte mir etwas tun? Ich habe keine Feinde."

Ich fühlte mich bei verschlossener Tür jedoch wesentlich wohler.

Wir richteten unsere „Betten" her. Zwei Matratzen auf dem Boden sollten für den Anfang reichen.

Neben Sofies Bett entdeckte ich eine kleine Dose und ein sonderbar aussehendes Gerät. Ich sprach sie darauf an. Sie erklärte mir, dass sie nachts immer Ohrstöpsel trage, weil der Lärm hier so arg wäre. Auch an diesem Abend vernahm ich in der Ferne Schüsse.

„Die Kriminalitätsrate in Jamaika ist sehr hoch", erklärte mir Sofie, aber sie fühle sich hier wohl und geborgen!

Ein Regierungswechsel sei unter anderem abzusehen, und da gibt es viele Gegner.

Mit den Ohrstöpseln konnte sie ruhiger schlafen. Wenn sie diese nicht verwendet, sei sie am nächsten Tag nicht ausgeschlafen. Und dieses andere Ding sei ein Gerät, welches ihr helfe, ihre Verdauung zu regulieren. Man könne es auf eine bestimmte Frequenz einstellen, je nachdem wofür es wirken solle. Daniel habe sie damit von der Alkoholsucht geheilt.

Er hatte sich dazumal jedoch geweigert, dieses Gerät die ganze Nacht neben seine Füße zu legen, da er nicht an die Wirkung glaubte. Sofie hatte es ihm immer ohne sein Wissen hingestellt - ein paar Wochen lang, und es hatte geholfen. Daniel trinke nicht mehr!

Ich war all dem gegenüber etwas skeptisch, aber: Glaube kann ja Berge versetzen.

Bald danach schlief ich ein.

*

Zeitig in der Früh kam Caroline und drängte uns zur Eile. Es werde sonst zu heiß, und sie möchte uns auch noch „Two Sisters Cave" in den Hellshire Hills zeigen, unterirdische Höhlen, gefüllt mit Wasser.

Nach einem raschen Frühstück ging es los. Beide Söhne von Caroline waren mit. Die Fahrt dauerte recht lange und führte uns über eine Sandstraße zum Ziel. Wir mussten ein paar jamaikanische Dollars Eintritt für die Höhlen zahlen und stiegen die Stufen hinunter. Es wurde etwas kühler, ein unangenehmer Geruch nach Moder stieg mir in die Nase. Caroline erklärte mir, dass dies der Geruch der Fledermäuse, die hier bei Tag schliefen, sei. Zwei mächtige Höhlen taten sich vor uns auf. Im Wasser spiegelten sich unzähligen Fledermäuse. Ein paar Touristen tummelten sich hier herum und fotografierten. Ich hatte leider meinen Apparat zu Hause vergessen, das tat mir leid. Deswegen musste ich die imposanten Bilder, die sich mir boten, in meiner Erinnerung festhalten. Danach setzten wir unsere Fahrt in Richtung Meer fort. Entlang der Küste über eine äußerst schlechte Straße fuhren wir zum Badeplatz. Ziegen liefen auch hier frei herum. Doch plötzlich - ein Aufschrei - Bremsengequietsche - ein Kracher. Was war passiert? Caroline, Sofie und Edwin sprangen aus dem Auto. Eine kleine Ziege war in den Wagen gelaufen. „Poor goat! What shall we do?", rief Caroline. Sofie entgegnete ruhig: „Take it with you! Take it!"

So konnte das Tier jedoch nicht in das Auto geladen werden. Es müsse noch ausbluten! Ich traute mich gar nicht hinzusehen. Mir würde schlecht werden. Die Kehle müsse aufgeschnitten werden, um das Blut ausrinnen zu lassen. Doch niemand hatte ein Messer mit. Alle überlegten, wie sie es anstellen könnten. „Nimm doch einfach die Nummerntafel", meinte Sofie. Damit wurde es schließlich auch getan.

Caroline hielt das Tier, Edwin durchtrennte mit der Nummerntafel so gut es ging, die Halsschlagader. Das Blut floss über den Straßenrand. Hoffentlich sieht uns keiner! Als das Tier ausgeblutet war, wurde es in Tücher eingewickelt und kam in den Kofferraum. Andere Länder - andere Sitten...Weiter ging die Fahrt.

Bald waren wir am Ziel. Es war bereits Mittag geworden, und die Sonne brannte vom Himmel. Schatten gab es nicht auf dem Sandstrand. Man konnte sich nur ins Wasser retten, um Abkühlung zu erhalten. Hohe Wellen bildeten sich nahe am Ufer und überschlugen sich. Nur wenige Leute waren im Wasser. Warum dies? Sofie erklärte es mir: Nur die wenigsten Jamaikaner können schwimmen. Sofie ging mit mir gleich ins Meer. - Es war herrlich erfrischend, obwohl die Wellen eher unangenehm waren.

Kaum waren wir zurück bei Caroline, lud sie uns auch schon zum Mittagessen ein. Hier in der Hellshire Beach gab es kleine Strohhütten, in denen Essen angeboten wurde. Fisch & Festival wollte ich unbedingt kosten, da es mir bereits in Wien empfohlen wurde. Es schmeckte so ähnlich wie „gebackene Mäuse", nur aß man dies hier sehr stark gewürzt. Danach machten wir einen Spaziergang entlang des Strandes. Dabei entdeckten wir nahe am Ufer ein Holzhaus auf Stützen.

Eine Aufschrift oberhalb der Eingangstür hieß jeden willkommen. Ein Rasta-Man wohnte hier mit seiner Familie. Ich wäre gerne hinaufgeklettert, traute mich aber nicht.

Der Tag ging leider viel zu schnell zu Ende. Bald kehrten wir zurück nach Kingston. Wir waren ziemlich müde von der Sonne und wollten bald zu Bett gehen. Sofie mischte noch rasch einen Fruchtsalat zusammen, der sehr erfrischend schmeckte. Danach schrieb ich einen ausführlichen Brief an Billi, meine Freundin, und erzählte ihr, dass ich hier wie die Made im Speck lebe. Ich schrieb ihr auch von Sofie, meiner „Lebensretterin". Sofie setzte ein Schreiben auf, das sie gleich am nächsten Tag zur Post bringen wollte. Sie kontaktierte eine Bekannte, die ihr den Emigrationsstempel besorgen werde.

Als wir beide im Schreiben vertieft waren, stand plötzlich und lautlos eine Person in der - noch immer offenstehenden Tür. Sofie sprang auf und wich zurück, ich stieß einen Schrei aus, doch dann erkannten wir John. Da es draußen bereits dunkel war, und auch John dunkelhäutig ist, war der Schrecken sehr groß. Er entschuldigte sich und versicherte uns einige Male, dass er uns nicht erschrecken wollte. Langsam beruhigten wir uns, aber mein Herz schlug noch einige Zeit sehr heftig.

„Ich möchte euch in die Disco ausführen!", meinte John. „Maria, du solltest auch die richtige jamaikanische Musik und den jamaikanischen Rum kennen lernen." Gleich war ich Feuer und Flamme - endlich echte Reggae Musik, denn jetzt war ich bereits eine Woche in Jamaika und hatte noch nicht die Gelegenheit, die tolle Musik, die in Jamaika ihre Geburtsstätte hatte, zu hören. Sofie war jedoch weniger begeistert. „Geh nur mit, ich bleibe zu Hause, morgen möchte ich in die Foundry gehen, um an meinen Skulpturen weiterzuarbeiten. Da möchte ich ausgeschlafen und fit sein", meinte Sofie, als sie merkte, dass ich zu zögern begann. Alleine wollte ich mit John eigentlich nicht weggehen, das sagte ich ihr auch, wohlgemerkt auf Deutsch, damit unser Gast meinen - vielleicht zu Unrecht gesetzten - Zweifel nicht verstand. „Bei John bist du in guten Händen", entgegnete sie mir.

Ich vertraute ihrer Aussage, doch das nächste Problem ergab sich. Was sollte ich denn in die Disco anziehen, was trägt man hier? Ich schlüpfte in mein blaues Leinenkleid, denn farblich würde das pinke Kleid nicht zu mir passen. Die jamaikanische Sonne hatte mich gezeichnet, meine Haut war leicht gerötet. Als mich Sofie angezogen sah, sagte sie erneut, wie toll dieses Kleid sei, so einfach, aber sehr hübsch.

Da kam mir der Gedanke, dass ich ihr eines schenken werde, bevor ich zurückfliege. Ich besaß ohnehin zwei sehr ähnliche.

„You need no money, if you go for a dance with a Jamaican man", meinte John, als er sah, dass ich meine Finanzen überprüfte. Ich war anderes gewohnt, doch daran wollte ich mich nicht mehr erinnern....

Sofie besaß leider nur einen Haustorschlüssel, den sie mir auch mitgab und meinte: „Damit du mich nicht wecken musst, wenn du zurückkommst. Du weißt, ich schlafe mit den Ohrstöpseln, ich würde dich auch nicht hören."

Wir verabschiedeten uns, und John ging mit mir hinaus in den Garten. Sofie versperrte hinter mir die Holztür von innen und reichte mir den Schlüssel durch das offene Fenster, das auch mit Querstäben aus Eisen versehen

war. Durch das Fenster konnte ich unsere Matratzen sehen... das wird heute eine etwas andere Nacht... Auf einer
Matratze auf dem Boden hab ich schon sehr lange nicht
geschlafen. Aber, wenn ich wirklich müde bin, dann kann
ich überall schlafen. Und ich glaube, dass die heutige
Nacht lange wird.

Die Gitterstäbe vor dem Fenster gaben mir ein bisschen
Sicherheit. Trotzdem: Jamaika ist schon ein sonderbares
Land!

4.

John und ich fuhren mit dem Auto zur Disco. Laute Musik war bereits bis auf die Straße zu hören. Mit etwas gemischtem Gefühl betrat ich die Disco. John ging voraus und schaute sich nach einem freien Tisch um. Obwohl das Licht gedämpft war, merkte ich, dass mich sehr viele Augenpaare anstarrten, eine weiße Frau mit einem dunkelhäutigen Jamaikaner, da musste man auffallen!

In einer von der Tanzfläche etwas abgelegenen Ecke fanden wir einen Platz und ließen uns dort nieder. Der Raum war für jamaikanische Begriffe sehr modern eingerichtet und wirkte auf mich irgendwie stimulierend. Dazu trug auch die an der Decke hängende Disco-Kugel bei, die mit vielen kleinen Spiegelmosaiksteinchen versehen war und sich langsam drehte. Lichtstrahlen wurden aufgefangen und reflektiert.

Während ich meine Blicke noch schweifen ließ, trat ein Kellner an unseren Tisch und wollte die Bestellung aufnehmen. John verlangte Cola und eine Flasche jamaikanischen Rum.

Ich war überrascht, denn, eine Flasche Rum erschien mir eigentlich als sehr viel, zu viel. Wer sollte das trinken? John ist mit dem Auto unterwegs, und ich trinke eher wenig. Doch darüber konnte ich mir den Kopf nicht lange zerbrechen, den John bat mich sogleich um den Tanz. Amerikanische Popmusik erklang aus den riesigen Lautsprechern. Viele Leute stürmten die Tanzfläche, die eigentlich recht klein war. Ein Gedränge herrschte, und ich verlor nicht nur einmal meinen Tanzpartner aus den Augen. Deshalb schlug ich auch vor, nach diesem Tanz zum Tisch zurückzukehren. In der Zwischenzeit waren auch unsere Getränke serviert worden. John übernahm das Einschenken und füllte beide Gläser bis zur Hälfte mit Rum, darauf leerte er einen Schuss Cola. Obenauf setzte er ein paar mitgelieferte Eiswürfel. Jetzt war mir vieles klar. Aber betrunken machen lassen wollte ich mich auf keinen Fall, das war klar. Dies sagte ich auch John und wollte ihm außerdem mitteilen, dass ich ihm beim Leeren der Flasche keine große Hilfe sein werde. John lachte nur, denn die Nacht werde lang dauern...

Plötzlich ertönte lautstark Reggae Musik. Da konnte ich nicht mehr länger ruhig sitzen! John musste ganz einfach mit auf die Tanzfläche, ob er wollte oder nicht. Nur wenige Leute tanzten zu „ihrer" Musik. Darüber war ich froh, denn so war es mir möglich, mich ohne Hindernisse zu dieser Musik zu bewegen. Wie in Trance ließ ich die Klänge auf mich wirken, und meine Gedanken wanderten nach Wien, wo an diesem Wochenende auch ein Reggae Konzert in der Arena stattfand. Aber was ist Reggae in Wien im Vergleich zu Jamaika? Zum Reggae Sunsplash Festival in der Montego Bay wollte ich ja auch! Yeah Man!

Viel zu rasch war die Musik zu Ende, und der Discjockey legte wieder einen US-Hit auf. Deswegen gingen wir auch wieder zurück zum Tisch.

Auf dem Weg zu unserem Platz erhielt ich von John ein sehr schönes Kompliment: „Du tanzt so gut zur Reggae Musik. Wo hast du das gelernt?" Ich erwiderte ihm, dass ich mich lediglich zur Musik bewege und diese in mir aufnehme, sonst stecke nichts dahinter. „I love Reggae-Music!"

John legte seinen Arm um meine Schultern und zog mich zu sich. Er wollte mich küssen. Es sind doch alle

Männer gleich! „No, I can´t!", erwiderte ich eher. Ich schob ihn sanft zurück und erklärte ihm, dass ich das nicht möchte. Er akzeptierte es und nahm seine Hand von meiner Schulter. Dafür war ich ihm dankbar und strich ihm vorsichtig über seine Hand, die er doch irgendwie enttäuscht neben sich auf die Bank gelegt hatte. Er erwiderte diese Geste und nahm meine Hand in die seine. Dagegen hatte ich nichts. Es fühlte sich nach Geborgenheit an. Ich versuchte ihm „vorsichtig" zu erklären, dass ich „Streicheleinheiten" derzeit viel eher brauche als sonst etwas. Ich hatte die ganze Geschichte mit Frank noch nicht überwunden.

Die Zeit verging, und bald fehlte nicht mehr viel auf Mitternacht. Auch die Flasche Rum ging zur Neige.

John mahnte zum Aufbruch, obwohl ich noch sehr gerne geblieben wäre. Aber schließlich ist er es, der zeitig in der Früh aufstehen musste, ich hingegen konnte schlafen. Mein Begleiter beglich die Rechnung, und wir verließen die Disco. Auf der Fahrt nach Hause meinte John, dass die Europäerinnen ein eigenes Volk wären. Zärtlichkeiten bedeuten ihnen anscheinend gleich viel wie eine Nacht mit ihnen. Dies kenne er gar nicht. In Jamaika wäre das ganz anders. Ob er es schon probiert hätte? Ich kann mir nicht vorstellen, dass Frauen Zärtlichkeiten gegenüber abgeneigt wären, auch nicht jamaikanische Frauen.

„Have you ever tried at your wife?", hörte ich mich plötzlich fragen. Ich hatte keine Ahnung, wie er auf diese Frage reagieren würde, aber ich stellte sie ihm nun mal. Er war nicht erbost über diese Frage, sondern verneinte sie nur.

Bald waren wir am Ziel. Hier - etwas abseits des Zentrums in der Nähe der Rochester Avenue - war die Nacht tief schwarz. Die Straßenbeleuchtung war spärlich. Ohne Auto wollte ich in dieser Gegend nachts nicht unterwegs sein wollen!

Vor dem Gartentor hielt John an. Ich kramte nach dem Schlüssel. Ein wenig Angst vor der Finsternis machte sich in mir breit. Ich zog den Schlüssel aus meiner Handtasche. Er nahm ihn mir jedoch ab. „I will bring you to the door!", erklärte er mir. Darüber war ich froh, denn alleine wollte ich nicht durch den Garten gehen, wo links und rechts des Weges Sträucher und Bäume standen. Sie wurden zwar schemenhaft von den Straßenlichtern beleuchtet, aber ein Kavalier bringt seinen Gast bis zur Tür.

Das Gittertor quietschte beim Öffnen laut, deswegen ließen wir es offen stehen, damit es erst wieder beim Schließen, wenn John hinausgeht, Lärm macht.

Mein Begleiter ging einen Schritt vor mir. Sofie hatte das Licht oberhalb der Eingangstür brennen lassen, damit ich nicht im Finsteren zu ihrem Bungalow gehen müsse und dass ich auch das Schlüsselloch finde.

John ging die drei Stufen zum Haustor hinauf und wollte gerade aufsperren, als ich ihm zuflüsterte, er solle einen Moment warten. Ich wollte Sofie informieren, dass ich da sei, damit sie sich nicht erschreckt. Ich stieg auf die Stufe, die vor dem geöffneten Fenster war, hinauf, und schaute in den Raum hinein. „Sofie, ich bin es, ich bin zurück", rief ich nur halb laut, damit ich die Hausbesitzerin, die nebenan wohnte, nicht weckte. Ich wartete einen Augenblick auf Antwort, als ich plötzlich eine nackte Gestalt durch das Fenster, bei dem ich hineingerufen hatte, sah. Sie lief gebückt an mir vorbei. Ich rief nochmals: „Sofie, ich bin es, du brauchst dir nichts anziehen!"

In diesem Moment packte mich John am Arm, zog mich von den Stufen und schrie: „Hurry up, back to the car! Something is wrong here!"

Ich rannte wie von Sinnen und wusste nicht warum.

Plötzlich hörte ich ein Geräusch. Es klang wie ein Knacken, ein Zerbrechen von Ästen, das vom hinteren Teil des Gartens kam. Jemand war aus dem Fenster gesprungen und landete im Strauch, der vor dem Fenster stand.

Nur schnell weg. Vielleicht läuft er uns nach?

Zum Glück stand das Gartentor noch offen. John sperrte die Autotür auf und ließ mich einsteigen. Mein Herz klopfte wie verrückt. Ich fragte ihn: „What´s the matter?" Er antwortete mir, dass vermutlich jemand ins Haus eingestiegen sei, und Sofie Hilfe brauche. „Lass uns zurückgehen und helfen!", flehte ich ihn an, aber ohne Polizei wollte er nichts unternehmen. Er schüttelte nur seinen Kopf und erklärte mir, dass er von dieser Person den Satz: „I'll shoot you down" gehört hatte, und deswegen hatte er mich beim Arm gepackt und wir liefen davon.

Wir mussten die Polizei holen.

Weit und breit stand nirgends ein Polizeiauto auf der Straße. Wenn man einmal einen Polizisten braucht!

Im überhöhten Tempo fuhren zur nächsten Polizeistation. Auf der Fahrt dorthin sprachen wir kein einziges Wort. Ich glaube, jeder von uns malte sich das Schrecklichste aus.

Endlich waren wir dort. John betrat vor mir den Vorraum der Polizeistation und erklärte dem Wachebeamten die Situation. Der Polizist überlegte und zeigte keinerlei Reaktion.

Ich war wahnsinnig nervös und fuhr ihn lautstark an: „My girlfriend needs help. Please, hurry up!"

Er schaute mich böse an und meinte, er werde das schon erledigen. Wir verließen mit ihm diesen Vorraum, überquerten den mittels Scheinwerfer hell erleuchteten Hof und kamen zu einer Art Baracke. Der Beamte klopfte an eine alte Holztür und wollte eintreten. Nur einen Spalt ließ sie sich jedoch öffnen. Etwas war davor gestellt worden. Wahrscheinlich wollte da drinnen niemand gestört werden.

Endlich wurde der Gegenstand zur Seite geschoben, und wir konnten hinein. Eine nochmalige Erklärung musste abgegeben werden, bis sich endlich drei Polizisten bequemten, mit uns in die Rochester Avenue zu fahren, um dort nachzusehen, was los sei.

Auf dem Weg zu den Autos versuchten mir ein Polizist einzureden, dass es vielleicht nur ein Liebhaber der Frau war, und die ganze Aktion umsonst gewesen wäre.

Ich hoffte im Stillen, dass es so gewesen war und begann zu beten, ja, ich betete still vor mich hin. Lieber Gott, lass es einen Liebhaber gewesen sein, den ich unter dem Fenster gesehen habe, bitte!

Die Fahrt zu Sofies Haus kam mir wie eine Ewigkeit vor. Mein Herz klopfte wie wild, mein Puls raste. Mir wurde schlecht. Endlich erreichten wir das Haus und hielten davor. Mit Taschenlampe und gezücktem Revolver betraten die Polizisten den Garten...John und ich dahinter. Ein Polizist postierte sich vor dem Eingangstor, einer auf den Stufen und einer ging hinter das Haus. Ein Polizist bat mich, dass ich nochmals beim Fenster hineinrufen solle, „try to call normally", doch meine Stimme schwankte und war zittrig.

Nur ganz leise brachte ich „Sofie!" hervor.

Es war zu leise. Ich musste nochmals rufen, jedoch lauter. Doch es rührte sich nichts. Der Mann mit der Taschenlampe schob mich zur Seite und leuchtete in das Innere des Hauses. Der Scheinwerferkegel wanderte vom Wohnraum ins Schlafzimmer. Plötzlich rief er mir zu: „Move, move!"

„What did you see?", fragte ich den Polizisten. Aber ich erhielt keine Antwort.

Ein anderer Polizist hakte sich bei mir plötzlich unter und zog mich mehr oder minder zurück zum Auto. Ich drehte mich um und suchte John. Er kam mir - Gott sei Dank - nach. Was war da los? Ich konnte es nicht glauben! Irgendetwas Arges musste hier passiert sein, sonst würde man mich von hier nicht wegbringen. Ich musste mich ins Polizeiauto setzen. Nach ein paar Minuten kam der Fahrer des Wagens und man brachte mich zur Polizeistation zurück. Ich wurde in ein Zimmer gebracht. Über Funk ist meine Ankunft sichtlich bekannt gegeben worden, denn ein jamaikanischer Detective erwartete mich bereits. Auch John betrat den Raum - er war dem Polizeiauto gefolgt. Seine Personalien wurden zuerst aufgenommen, und er musste erzählen, was er gesehen und gehört hatte.

Das Klingeln des Telefons unterbrach seine Schilderung. Ich verstand nicht alles, was gesprochen wurde, nahm jedoch Wortfetzen wahr.

- Strangled and perhaps also - das andere Wort konnte ich sprachlich nicht verstehen, aber, ich konnte mir vorstellen, was es hieß - vergewaltigt!

Als der Polizist den Hörer auflegte, fragte ich ihn: „Is she dead?"

Er nickte nur.

Ich konnte es nicht fassen, ich wollte es nicht glauben - meine Sofie?! Das kann nicht sein! Warum sie? Dann war das wahrscheinlich auch der Mörder, den ich durch das Fenster gesehen hatte - Mein Gott! Ich brauchte eine Zigarette. „I must smoke a cigarette, is it possible?", fragte ich. Es wurde mir gestattet. Mit zittrigen Händen begann ich zu rauchen. Die Gedanken wanderten mir durch den Kopf.

Was hatte ich für Glück, nein, einen Schutzengel!

War das Bestimmung?

Was wäre passiert, hätte ich mich leise in das Haus geschlichen?

Ich hätte wahrscheinlich den Mörder bei seiner Gräueltat überrascht und wäre ihm als nächste in die Hände gefallen!

Wäre ich zu Hause geblieben, wäre er dann auch eingestiegen?

Wie war das überhaupt möglich?

Die Fenster waren doch alle vergittert, die Tür versperrt?

Hätte ich Geräusche gehört?

Hätten wir uns zur Wehr setzen können?

- „Hallo, Miss, hallo" - jemand rüttelte mich - ich nahm das alles noch immer nicht wahr. Der Polizist wollte nun meine Beobachtungen wissen. Doch John unterbrach ihn, er müsse seine Frau verständigen, dass er hier sei, ob er telefonieren dürfe. Natürlich durfte er über den Polizeiapparat telefonieren. Er rief seine Frau an. Es dauerte sehr lange, bis sich wer an der anderen Seite des Apparats meldete, es war ja mittlerweile fast halb 2 Uhr nachts. John erklärte ihr in kurzen Worten: „I'm at the Police station. Somebody needs my help."
Zu mehr kam er nicht, denn am anderen Ende der Leitung wurde aufgelegt. Auch das noch! Ein Ehestreit nur wegen mir. Ich sagte John, dass er ruhig nach Hause fahren solle, ich werde das schon alleine schaffen. Er antwortete jedoch nur: „I'll stay at you!"
Wie war ich ihm dafür dankbar.

Ich erzählte dem Polizisten, was ich alles gesehen und gemacht hatte. Er wollte von mir eine genaue Personenbeschreibung haben, die ich ihm aber nicht geben konnte. Ich sah diese Gestalt ja nur für etwa zwei Sekunden.
Welche Hautfarbe hatte er?
War er dick oder dünn, muskulös?
Waren seine Haare kurz oder lang?
Wie alt war er?

Das alles konnte ich nicht beantworten. Ich stellte nur einen Verdacht auf, vielleicht war es Mister Foster, denn er hasste Sofie, weil sie mich von ihm weggebracht hatte. Der Mörder müsste auch Kratzspuren von den Ästen haben, die gebrochen sind, als er durch das hintere Fenster ins Gebüsch sprang.
„You have only to look on his arms, he must have like this" - und deutete dabei auf meine Arme und zeigte dem mir gegenüber sitzenden Polizisten ein Kratzen auf meinem Unterarm an. Das englische Wort dafür wusste ich

nicht, deswegen versuchte ich, mich in der Zeichensprache verständlich zu machen.

Fragen über Fragen wurden mir gestellt, die ich teilweise aber nicht verstand. So perfekt war mein Englisch auch wieder nicht...schon gar nicht in so einer Situation! Deswegen versuchte der Detective, Mr. Powell, die Fragen, die ich nicht verstand, mit Hilfe anderer Worte auszudrücken. Es war irrsinnig anstrengend! John saß daneben und hörte zu. Er konnte mir auch nicht helfen. Erst jetzt wurde mir bewusst, dass niemand meiner Bekannten, die ich um Hilfe bitten könnte, Deutsch spricht. Runa! Ihr Name durchfuhr mich! Ich hatte aber keine Telefonnummer von ihr bei mir. Sie könnet mir helfen...

Das „Rede- und Antwort-Spiel" ging mindestens eine Stunde. Ich zitterte noch immer am ganzen Körper. Mir war kalt, obwohl es in diesem Raum dunstig und heiß war.

Ein Anruf unterbrach das Gespräch. Als der Detective, Mister Powell, auflegte, deutete er mir, mit ihm zu kommen. Ich schaute zu John. Er konnte meinen Blick deuten und fragte den Polizisten, ob er mitkommen dürfe. Es wurde ihm gestattet. Wir wurden beide in ein anderes Zimmer gebracht.

Ein etwas älterer, beleibter Mann erwartete uns. Dies dürfte ein Sergeant sein.

Das Verhör begann von Anfang an. Ich hielt es nicht mehr aus, ich konnte einfach nicht mehr, ich war fertig.

„I need some hours for sleep", erklärte ich den Männern. Aber, wo konnte ich hingehen? Der Mann schlug mir vor, dass ich in ein Hotel gehen sollte, doch ich hatte weder Geld noch Pass bei mir. Außerdem fürchtete ich mich.

„I want to stay here."

Vorher musste ich ihm noch sämtliche Personen nennen, die ich hier auf der Insel kennengelernt hatte. Daniel,

Caroline, Runa und Frank. Welche Folgen das für sie hatte, erfuhr ich erst am nächsten Tag.

Mir wurde ein Raum zum Ruhen zur Verfügung gestellt. Ich verabschiedete mich von John und dankte ihm für alles. Er sagte mir, dass er nach Hause fahren werde, und ob ich etwas brauche.

„Please, bring me something to eat and some cigarettes."

Danach ging ich in den kleinen Raum und verriegelte hinter mir die Tür, stellte zwei Sessel zusammen und kauerte mich darauf. Mir war jedoch so kalt, dass es meinen ganzen Körper schüttelte. Ich brauchte eine Decke. Leider wusste ich aber noch immer nicht das englische Wort dafür!

Ich stand auf, ging hinaus und bat den einen Polizisten, den ich sah, um eine Decke. Der Mann blickte mich erstaunt an und fragte nochmals: „Something to cover? We have 30 degrees inside?"

Aber ich scherzte nicht, mir war kalt. Es war sichtlich der Schock.

Er machte sich auf den Weg und suchte eine Decke. Ich stand da wie ein Häufchen Elend und wartete. Der Polizist kam nach etwa fünf Minuten zurück. Er hatte jedoch keine Decke gefunden. Ich ging wieder zurück in den Raum, sperrte ab und zog auch den Vorhang vor, denn draußen wurde es langsam hell. An der Wand hing eine Jacke, die nahm ich mir und deckte mich damit zu. Der Schlaf übermannte mich bald, obwohl ich mir nicht habe vorstellen können, in so einer Position schlafen zu können.

*

Plötzlich klopfte es an der Tür. Ich fuhr erschrocken auf und dachte, nur einige Minuten geschlafen zu haben. Doch es waren mittlerweile drei Stunden vergangen. Rasch hängte ich die fremde Jacke zurück und öffnete. Für mich sei jemand da, meinte der Polizist... - ich schaute zum Ausgang und sah - Caroline!

Ich lief zu ihr, fiel ihr um den Hals und weinte.

Sie fragte nur - „Where is Sofie?" - ich schaffte nur zu sagen: „She is dead" und schon wurden wir getrennt.

Caroline wiederholte mit leiser Stimme: „Dead! What had happened?"

Ihre Stimme schwankte, nun begann auch sie zu weinen. In diesem Moment flossen meine Tränen zum ersten Mal. Erst jetzt konnte ich weinen. Jetzt brauchte ich nicht mehr stark sein. Caroline war ja da, auch wenn sie jetzt in einen anderen Raum gebracht wurde. Wahrscheinlich wird auch sie verhört werden.

Ich wurde in das Zimmer, in dem ich bereits die halbe Nacht lang befragt wurde, zurückgeführt. Als ich dort eintrat, wanderten alle Blicke zu mir. Eine weiße Frau, und das inmitten von Kingston auf einer Polizeistation - und noch dazu total verweint. Kurzum - ein Häufchen Elend.

Eine Frau kam auf mich zu, nahm mich beim Arm und versuchte mich mit den Worten: „Baby, nothing's happened! Everything's gonna be alright" zu beruhigen.

Nein! Es war sehr viel passiert, viel zu viel! Sie hatte nicht recht und konnte mich mit dieser Aussage nicht beruhigen, ganz im Gegenteil. Die Tränen strömten jetzt nur so aus mir heraus. Meine Taschentücher waren bereits alle nass. Ich setzte mich zum Tisch dieser Frau und erklärte ihr mit stockender Stimme, dass ich etwas brauche, um meine Nase zu putzen. Sie schickte einen Detective los, irgendetwas zum Naseputzen zu besorgen.

Es brachte mir eine Rolle WC-Papier. Aber in meiner Not war ich für alles dankbar.

Plötzlich wurde es laut. Der Lärm kam vom Gang her. Zwei Polizisten brachten vier junge Männer herein, die eher abgeneigt waren, mit ihnen zu kommen. Der letzte wurde buchstäblich in den Raum gestoßen. Als alle vier unerwartet versuchten, wieder hinauszustürmen, zogen beide Polizisten, die im Raum waren, ihre Pistolen. Auch das noch! Ich drückte meinen Oberkörper auf die Tischplatte, bedeckte meinen Kopf mit meinen Händen und wagte gar nicht mehr hinzusehen. Eigentlich erwartete ich jeden Moment einen Schuss! „Stand still!", schrie einer der Polizisten. In diesem Moment stürmten drei andere Polizisten in den Verhörraum und schnappten die Jugendlichen. Den Vieren wurden ihre Hände auf den Rücken gedreht.

Das sah ich aber erst, als ich mich wieder traute, aufzublicken. Ich verstand die Welt nicht mehr! Hier musste ich warten - unter Gewalttätigen - und wusste nicht, worauf und wie lange. Was geht hier vor? Wo bin ich da hineingeraten?

Auch Caroline kam nicht, und John hatte mich bestimmt vergessen. Doch kaum ein paar Minuten später betrat Caroline den Raum, den ich nicht verlassen durfte. Ihre Augen waren verweint und deswegen rot. Als sie mich sah, begann sie erneut zu weinen. Ich schloss sie in meine Arme, und wir ließen unseren Tränen freien Lauf.

Sie sagte mir nach einiger Zeit, als wir uns beide wieder etwas beruhigt hatten, dass sie Daniel soeben gesehen hätte, ob das sein könnte. Was hätte er mit der Sache zu tun?

War er der Mörder?

Ich entgegnete ihr, dass ich einen dunkelhäutigen Mann gesehen hatte, und Daniel ist ja ein Weißer. Er war deshalb beim Verhör, weil ich auch seinen Namen genannt hatte.
Woher wusste eigentlich Caroline, dass ich hier war?
Ist sie von John verständigt worden?
Wo war er?

Da wir uns jetzt unterhalten durften, erklärte sie mir, warum sie hier war. Sie hatte zufällig in der Früh einen Polizisten auf dem Weg zur Polizeistation getroffen, ihn mit dem Auto mitgenommen und hergebracht. Als sie im Hof parkte, wurde sie als Mrs. Stone erkannt und gleich hineingerufen. Sie hatte von nichts gewusst.

„I can't believe, it isn't true, please, tell me" - diese Worte wiederholte sie immer wieder und bewirkte eigentlich nur, dass ich erneut in Tränen ausbrach.

Meine Gedanken kreisten nur darum: Wo werde ich wohnen können, bis ich einen Flug nach Hause bekomme? Ich möchte von hier weg, so schnell wie möglich weg!

Ich hatte Angst, wahnsinnige Angst! Unbeschreibliche Angst!

Sofie war mir nämlich sehr, sehr ähnlich, die Größe, die Figur, der Haarschnitt, die Haarfarbe - das alles stimmte mit mir überein - und vielleicht hätte ich das Opfer sein sollen?

Der Verdacht, dass es Frank war, wurde in mir immer mehr verstärkt. Er wusste, wo Sofie wohnte und dass ich bei ihr einquartiert war.

Nein, keinen Tag länger als notwendig möchte ich auf dieser Insel bleiben. Vielleicht bin ich die Nächste?

Detective Powell war auch heute hier. Er kam auf mich zu und fragte mich nach meinem heutigen Befinden. Ich schüttelte nur meinen Kopf. Er brauchte keine Antwort von mir. Ich glaube, er hat es mir angesehen.

Caroline musste weiter, versprach aber, mich am Nachmittag abzuholen. Selbstverständlich könne ich zu ihr kommen und bei ihr wohnen. Das waren erlösende Worte für mich! Ein Stein fiel mir von Herzen. Ich umarmte sie ganz fest! Danke!

Nun war ich wieder alleine. Ich verspürte den Drang, aufs WC gehen zu müssen. Da ich aber nicht wusste, wo es war, fragte ich Detective Powell danach. Er erklärte mir den Weg durch das Gebäude und sagte noch dazu, dass die Türe jedoch nicht verschließbar sei. Auch das noch!

Als ich zurückkam, war John da! Er hatte Sandwiches, Kaffee in einer Thermoskanne und Zigaretten mit. Ich dachte ohnehin schon, verhungern zu müssen, denn mittlerweile war es 11 Uhr vormittags, und den Beamten hier war es eigentlich egal, ob ich Hunger hatte oder nicht. Für sie war nur von Bedeutung, dass ich Augenzeugin und deswegen für sie sehr wichtig war.

Ich war überrascht, dass John überhaupt gekommen war, denn eigentlich hätte er doch im Büro sein müssen, es war ja ein Arbeitstag.

Was war mit seiner Frau?
War sie ihm noch böse?
Sorgen machten sich in mir breit.

Die Fragen sprudelten nur so heraus aus mir. Seine Frau hatte ihm alles vorbereitet und mitgegeben, er sollte sich nur um mich kümmern, und im Büro hatte er auch Bescheid gegeben und einen Urlaubstag erhalten.

Ich wurde erneut zu einer Befragung in ein anderes Zimmer geholt. Auf dem Weg dorthin traf ich zwei Frauen, die auf dem langen Gang suchend herumirrten. Als sie mich sahen, sprach mich die jüngere der beiden an. „Are you the Austrian Girl, who stayed at Sofie?"

Ich war überrascht und fragte, nachdem ich ihnen ihre Frage bejaht hatte, nach dem Grund. Die jüngere Frau war Daniels Schwester und suchte ihren Bruder. Seit seiner Befragung wäre er nicht mehr zu Hause gewesen. Sie machte sich Sorgen um ihn, da er so depressiv und labil sei. Ich konnte ihnen aber auch nicht weiterhelfen, ich hätte ihn heute ja gar nicht gesehen - und schon begann ich erneut zu weinen. Die Frau nahm mich in die Arme und schluchzte auch.

„If you find him, please, tell him, I want to speak with him!", bat ich die zwei Frauen.

Daniel war mir trotz der kurzen Bekanntschaft ans Herz gewachsen, und ich musste ihm ganz einfach sagen, dass ihn Sofie noch immer geliebt hatte.

Der Polizist wurde ungeduldig und forderte mich etwas schärfer auf, weiterzukommen.

Das Verhör wurde wieder von jemand anderem durchgeführt, diesmal war es - nach der Uniform zu beurteilen - ähnlich einem Polizeioffizier - ein Head Corporal.

Er wollte von mir nochmals die ganze Geschichte hören, warum ich hier sei, bei wem ich wohnte und wie lange ich noch bleiben werde. Ich sagte ihm, dass ich mit der nächsten Maschine abfliegen möchte, was er mir jedoch nicht erlaubte.

Ich durfte das Land vorerst nicht verlassen ... Ich war ja Augenzeugin.

Ausreiseverbot! Auch das noch!

Danach stellte er mir Fragen, Sofie betreffend. Ob ich wusste, dass ihre rechte Hand etwas länger war als die linke?

Nein, das konnte nicht sein! Wie hätte sie ihren Beruf ausüben können? Sie hätte nie modellieren können....

Diese Bestie hatte ihr den Arm ausgekegelt!

Ein Biss auf der Wade - bereits dagewesen - woher - nein, all diese Feststellungen schwirrten um meine Ohren! Dieses Monster hat sie noch dazu in die Wade gebissen, das gibt es doch nicht!

Wie wird sie wohl gekämpft haben, gekämpft um ihr Leben, und niemand war da, niemand hörte sie, niemand kam, um ihr zu helfen, warum nur?

Warum musste das geschehen - und ich mitten drin!

Die diensthabenden Beamten meinten, dass der Täter eventuell auch etwas gestohlen haben könnte, deswegen musste ich zu Sofies Haus zurück und alles durchforsten. John begleitete mich. Wir wurden mit dem Polizeiauto in die Rochester Avenue gefahren. Ein Polizist hielt noch immer Wache. Er sperrte die Tür auf und forderte mich auf, einzutreten, um nachzusehen, ob etwas fehle. Plötzlich fuhr es mir durch den Kopf - die Leiche - „Is the body still inside?", stammelte ich. Dabei starrte ich den Mann an.

Er nickte nur.

„I can't go inside", drehte mich um und stieg die Stufen wieder hinunter. Ein anderer Polizist hielt mich fest und befahl mir: „You must!"

Und schon flossen wieder die Tränen über mein Gesicht. Ich schüttelte den Kopf, denn mein Koffer stand im Schlafzimmer. Diesen Anblick wollte ich mir ersparen! Ich konnte einfach nicht! Meine Füße leisteten mir Widerstand! Mir wurde schlecht.

Nun ging ein Polizist in das Haus und blieb einige Minuten darinnen. Dann rief er mich. Er hätte den Koffer in dem Vorraum gestellt und die Türe zum Schlafzimmer geschlossen.

Jetzt traute ich mich hineinzugehen. Wie von einem Magnet angezogen, wanderte mein Blick zur Schlafzimmertür.

Was hat sich da wohl letzte Nacht alles abgespielt?

Plötzlich stieg mir ein unangenehmer Geruch in die Nase. - Ekelerregend! So einen Geruch hatte ich noch nie verspürt - das kann nur Leichengeruch sein...

Ich musste mich sehr beherrschen, dass ich mich nicht übergebe... Rasch durchwühlte ich meinen Koffer. Geld, Pass, Traveller Checks, Gott sei Dank war alles da. Dann schnappte ich den Koffer. Schnell! Hinaus, bevor ich kotze! Ich rannte ins Freie und atmete hastig durch.

Luft! Ich brauche Luft!

Johns Blicke trafen mich. Ihm brauchte ich nichts sagen, er verstand den Ausdruck meiner Augen und nahm mich bei der Hand. Wie wohl das tat!

Plötzlich fiel mir mein Stofftier ein - es muss noch im Schlafzimmer auf meiner Matratze liegen. Ich musste es haben! Etwas, das mich an meine Freunde zu Hause in meiner Heimat erinnert. So weiß ich, dass ich nicht alleine auf dieser Welt bin. Deswegen sprach ich einen Polizisten an, ob er es mir vielleicht holen könnte. Ich erklärte ihm, wo es liegt. Er schaute mich sonderbar an und dachte sich wahrscheinlich seinen Teil. Das war mir aber egal. Er brachte mir meinen Garfield. Ich drückte ihn an mich - was haben wir schon alles durchgemacht - hier in dem Land des Reggaes....

Ich wollte so schnell wie möglich weg und auf keinen Fall den Leichenwagen, der für den späten Nachmittag erwartet wurde, sehen.

John brachte mich zu Caroline in die Gallery. Die Zeit verging sehr langsam. Kaum wer sprach etwas, die Stimmung war gedrückt. Es wurde Abend, als ein Detective beim Geschäft vorbeikam und uns mitteilte, dass das Haus nun frei zugänglich sei. Ich könnte nun wieder einziehen...

Das sagte sich so leicht, für mich aber war das unmöglich. Da mir Caroline bereits eine Wohnmöglichkeit bei ihr angeboten hatte, brauchte ich in das Haus mit den schrecklichen Erinnerungen nicht mehr einzuziehen.

In der Zwischenzeit war auch Daniel gekommen! Gott sei Dank ging es ihm relativ gut. Er, John und Caroline begleiteten mich in die Rochester Avenue, um meine restlichen Sachen von dort abzuholen. Es war ein total ungutes Gefühl, dorthin, ohne Polizeischutz, zurückzukehren. Zum Glück hatte ich zwei Männer und eine äußerst starke Frau mit, die mir alle seelischen Halt gaben. Ich fühlte mich nicht alleine gelassen.

John betrat vor mir das Haus und ging in das Schlafzimmer, weil er wusste, dass dort meine restlichen Sachen waren. Ganz langsam trat ich in diesen Raum.

Wie von magischen Kräften gezogen wanderte mein Blick zu den Matratzen. Hier war heute Nacht der Kampf - Spuren bezeugten dies - die Matratzen lagen durcheinander und Blutspritzer waren an der Wand....

Dies registrierte ich, sprach aber kein Wort. Ich riss die Kleider aus dem Kasten, hängte sie mir um den Arm und rannte hinaus. Der Geruch war in diesem Raum, in dem bis vor kurzem die Leiche lag, noch extremer als im Wohnzimmer. Beim Hinauslaufen sah ich noch mein Nachthemd auf meinem Bett liegen. Ich überlegte, ob ich es überhaupt mitnehmen sollte.

War vielleicht der Mörder darauf gestiegen?
War es vielleicht voller Blutspritzer?
War es vielleicht verwendet worden, um Sofie zum Schweigen zu bringen?

Aber dieses Nachthemd war eines meiner liebsten und nur ungern hätte ich es hier zurückgelassen. Ich stopfte es rasch in meinen Seesack und lief ins Freie.

Ich wollte nichts zurücklassen. Wegwerfen bzw. entsorgen kann ich es immer noch.

Caroline, Daniel und John wollten in den Schränken nachschauen, ob sie Sofies Geld, das sie immer bei sich zu Hause hatte, finden könnten. Caroline entdeckte es auch und nahm es an sich. Sie zählte es und gab John die Summe bekannt. In der Zwischenzeit stand ich alleine im Garten und wartete.

Da fiel mir ein, dass auch noch meine Schuhe im Schlafzimmer standen. Deswegen ging ich nochmals ins Haus und bat Daniel, dass er meine Schuhe mitnehme möge, da ich nichts mehr tragen konnte.

Auf dem Tisch im Wohnzimmer lagen noch beide Briefe. Den, den Sofie für ihre Bekannte aufgesetzt hatte und sie um Hilfe bat und meiner, an meine Freundin Billi! Alles hatte sich geändert, alles. Den Brief brauchte ich nicht mehr abschicken, denn es hatte sich alles ganz anders entwickelt als ich dachte.

Ich steckte meinen Brief ein und dachte an meine Freundin. Sie hatte mir auch abgeraten in das Land des Reggaes zu fliegen...Nachdenklich blieb ich bei dem kleinen Tisch stehen.

Uns war es noch immer ein Rätsel, wie diese Person - der Mörder - in das Haus einsteigen hatte können. Die Tür war ja abgesperrt und die Fenster vergittert. John sah sich in der Kochnische um und rief uns plötzlich zu sich. Das vordere Fenster war als Einstieg benützt worden, und die Gitterstäbe waren dafür auseinandergedrückt worden. Für mich war das unverständlich, wie das möglich gewesen war. Entweder waren diese Stäbe so leicht biegsam, oder dieses Wesen hatte unmenschliche Kräfte!

Das hätte doch Sofie hören müssen, hätte sie nur ohne diese verdammten Ohrstöpseln geschlafen.....

Bedrückt fuhren wir zu Carolines Gallery zurück. Niemand sprach etwas, die Eindrücke waren alle noch viel zu frisch in jedem vorhanden.

Wir setzten uns in den kleinen Raum der Gallery.

Plötzlich fuhr ein Auto vor und hielt an. Ein Mann stieg aus und hielt eine Zeitung in der Hand.

„Ist es wahr, dass Sofie Raab ermordet worden ist?" Ein guter Bekannter von Sofie stand vor Carolines Stiegenaufgang. Caroline konnte dies nur bestätigen und warf einen Blick in die Zeitung. Riesige Schlagzeilen brachten die Neuigkeiten von der deutschen Frau, die hier in Jamaika einem Sexualverbrechen zum Opfer gefallen war. Von mir stand zum Glück nichts. Namentlich wurden weder John noch ich erwähnt. „Zurückkommende Gäste überraschten den Mörder, der jedoch unerkannt entkommen konnte."

Kein Hinweis, dass ich ihn gesehen und John seine Stimme gehört hatte.

Gut so!

Meine Angst hätte sich sonst ins Unermessliche gesteigert. Vielleicht hätte er mich gesucht, um die Augenzeugin, die es gab, auszuschalten!

Am liebsten hätte ich Runa angerufen, damit sie mich aufnehmen könnte, doch ihre Telefonnummer konnte ich bei meinen Reiseunterlagen nicht finden...die Nummer lag vermutlich zu Hause in Wien. Von wem könnte ich Hilfe erwarten? Ich möchte nur eines: nach Hause, auf sicheren Boden, hier war es mir zu gefährlich.

Caroline kannte meinen Wunsch und versprach mir, gleich am nächsten Tag mit mir ins Reisebüro zu fahren, um alles Notwendige zu arrangieren.

Zuvor aber wollte ich mich mit der österreichischen Botschaft in Verbindung setzten. Vielleicht könnte mir wer von den Mitarbeitern weiterhelfen.

Caroline suchte mir die Telefonnummer der Botschaft aus dem Telefonbuch. Ich rief dort sofort an und erwartete Hilfe. Eine englischsprechende Frau meldete sich. In kurzen, einfachen Sätzen erzählte ich ihr von meiner misslichen Situation und dass ich nicht wusste, wohin ich sollte, dass mich meine Angst unfähig zum klaren Denken machte.

Ihre Reaktion war jedoch nur die, dass sie mich bat, meinen Namen zu buchstabieren. Ich hatte mich aber bereits so in die Situationsschilderung hineingesteigert, dass mir das unmöglich war. Ich konnte die Buchstaben meines Namens nicht auf Englisch sagen...

„I need help, do you understand me?"

Ich versuchte noch einmal, meinen Namen auf Englisch zu buchstabieren, was mir jedoch erneut nicht gelang. Tränen schnürten mir die Kehle zu. Ich begann wieder zu weinen.

„I need someone who speaks German! And I need a flight back to Austria!"

Ich gab ihr Carolines Telefonnummer, damit man mich zurückrufen könnte, denn der österreichische Konsul war nicht anwesend - er hätte bestimmt Deutsch gesprochen. Mir wurde nach diesem Telefonat meine triste Lage erst wieder bewusst, und es schüttelte mich am ganzen Körper. Ein erneuter Schockzustand.

Ich setzte mich wieder in den Garten und wollte mich beruhigen. Bewusst atmete ich die gut duftende Luft ein. Überall blühte und grünte es. Fynn, Mirella´s fünfjähriger Sohn, sah mich, kam zu mir und fragte mich ganz leise: „What´s the matter? Why are you crying?"

„I'm so sad", antwortete ich ihm und drückte ihn an mich. Die Tränen liefen wieder still über mein Gesicht.

Endlich wurde es Abend. Caroline sperrte die Gallery ab und wir fuhren - gemeinsam mit ihren Söhnen - in Carolines Haus in die Red Hills. Auf der Fahrt dorthin ließ ich den Tag nochmals Revue passieren.

Wie ereignisreich er doch war! Daniel hatte ich getroffen, und ich hatte vergessen, mit ihm über Sofie zu sprechen. Vielleicht war es auch besser so. Eine Nacht darüber schlafen, die Gedanken ordnen und alles gut überlegen.

Eric, Carolines Mann, erwartet uns bereits. Er kam mir entgegen, drückte mir stumm die Hand und gab mir zu verstehen, dass ich so lange ich wollte, hier in seinem Haus bleiben könnte. Er hatte in den Nachrichten von Sofies Tod gehört, wusste aber nicht, ob etwas dem zweiten Mädchen (= mir) passiert wäre. „Thanks God, you are still alive!" Er senkte seine Augen, drehte seinen Kopf weg und verließ danach den Raum. Auch ihm ging die Geschichte sehr nahe.

Caroline trug meine Sachen in das Zimmer, das ich bereits das letzte Mal bewohnen durfte. Ich ging hinter ihr her und hatte nur den Wunsch: duschen und schlafen! Das Warmwasser war jedoch zu Ende - der Kessel, der auf dem Dach befestigt war, war nur mehr mit kaltem Wasser gefüllt. Aber das machte mir auch nichts.

Nur abwaschen, reinigen, von all dem Erlebten befreien. In mein Nachthemd schlüpfte ich nicht mehr. Der Ekel war zu groß. Warum hatte ich es eingepackt? Werde ich es jemals wieder anziehen können? Ein Nachthemd - mit dem Tod behaftet?!

Ein T-Shirt erfüllte den gleichen Zweck. Ich legte mich auf das Bett und ließ meine Gedanken fließen.

Warum musste Sofie sterben, wo war die Gerechtigkeit hier auf Erden? Sofie war doch ein so verträglicher Mensch, für jeden jederzeit da, unkompliziert und so ein fröhlicher, lebensbejahender Mensch.

Sie hatte das Glück auf Jamaika gesucht und gefunden! Warum musste alles so enden? So abrupt und vor allem ungewollt.

Ein Klopfen riss mich plötzlich aus den Gedanken. Das Abendessen wäre fertig, ich möge kommen.- Edwin, Carolines älterer Sohn, stand vor der Tür.

Essen konnte ich beim besten Willen nicht. „I'm not hungry, thanks." Edwin drehte sich um und ging in Richtung Küche zurück. Kaum war der junge Mann weg, stand auch Caroline schon im Zimmer.

„You must eat, Maria, come on!" Sie hatte ihre Hände in die Hüften gestemmt, um ihrer Stimme mehr Ausdruck zu verleihen. Unwillig stand ich auf, zog mich an und setzte mich zu Tisch. Lustlos stocherte ich im Essen herum, aß zwei, drei Bissen und begann erneut zu weinen. –„Sorry"- und ich lief auch schon wieder in mein Zimmer. Ich warf mich auf das Bett, drückte mein Gesicht auf den Polster und weinte. Ist es möglich, dass ein Mensch so viel weinen kann? Versiegt nicht irgendwann einmal die Tränenflüssigkeit?

Mitten in der Nacht wachte ich auf. Ich hatte noch meine Shorts und mein T-Shirt an. Leise schlüpfte ich in mein anderes Shirt, das ich zum Schlafen anziehen wollte und legte mich wieder nieder. Das Einschlafen fiel mir sehr schwer. Es war erdrückend heiß in dem Zimmer, aber ich wagte nicht, das Fenster zu öffnen. Die Müdigkeit war enorm und siegte letzten Endes doch. Ich schlief erschöpft ein. Es kam mir vor, als wären es nur Minuten gewesen, in denen ich schlief, als Caroline anklopfte und zum Frühstück rief. Ich schaute auf die Uhr, es war bereits neun. Ein neuer Tag war angebrochen.

5.

Heute war mein neunter Tag in Jamaika und ich hatte schon so viel erlebt, was man sonst vielleicht in drei Wochen erlebt...

Caroline war um diese Zeit normalerweise bereits in der Gallery. Sie hatte mich an diesem Tag jedoch schlafen lassen. Dafür war ich ihr dankbar! Der Tisch war reichlich gedeckt - und mein Hunger zurückgekehrt. Ich frühstückte ausgiebig und fuhr danach mit Caroline in das Haus von Doc. Auch er wusste bereits von dem Mord. Caroline ließ mich im Haus des Doc´s zurück. Sie musste in die Stadt, um die Leiche zu identifizieren. Diesen Anblick wollte sie mir ersparen! Gott sei Dank war ich nicht verpflichtet, es zu tun.

Leider musste der Doktor noch außer Haus und ließ mich mit seinen „helpers" zurück. Ganz wohl war mir nicht zumute. Was könnte ich tun, wenn einer von ihnen vielleicht Freiwild in mir sieht? Ich zählte jedoch auf Doc's Leute, dass sie anständige Menschen sind.

Bis 12:30 Uhr wartete ich auf Carolines Rückkehr. Gemeinsam fuhren wir danach zur Bank und anschließend zu British Airways. Caroline übernahm das Verhandeln. Sie erklärte der zuständigen Frau, was der Grund meiner vorzeitigen Abreise sei und dass sie dies verstehen müsse. Die Beamtin wusste bereits davon, da sie von der Botschaft kontaktiert worden war. Donnerstags oder samstags gebe es einen Flug, aber an und für sich wären beide Maschinen voll. Falls wer ausfällt, könnte ich den Platz haben. Eventuell müsste ich in London eine Nacht zubringen. Das wäre mir aber egal. Nur weg von hier! Caroline hinterließ im Reisebüro ihre Telefonnummer. Es war zwar erst Dienstag, aber auch diese Tage bis zum Abflug werden vergehen.

Wir wurden am Nachmittag nochmals im Spital am Ende der Stadt von Mr. Powell und einem Arzt erwartet. Ich musste mit...
Zur ausgemachten Uhrzeit kamen wir dort an. Zum Glück durften wir mit dem Auto in das Gelände hineinfahren. Caroline parkte sich dort ein und deutete mir, dass ich sitzen bleiben sollte. Doch mir war so heiß, dass ich ganz einfach hinaus musste. Mr. Powell war bereits da, und begrüßte mich. Er fragte mich nach meinem Befinden. Mir ginge es besser, seitdem ich wusste, dass ich am Donnerstag oder Samstag einen Flug nach London bekommen werde, was zwar nicht sicher war, aber, irgendwann muss der Mensch doch auch einmal Glück haben! Es wird doch irgendein Reisender ausfallen und damit für mich einen Platz in der Maschine frei machen...
Plötzlich kam eine Frau auf mich zu. Sie trug ein Nachthemd, Hausschuhe und Lockenwickler im Haar. Ihr Gesicht wirkte fahl und eingefallen. Sie starrte mich an und sagte etwas zu mir. Ich verstand sie aber nicht. Sie wiederholte immer wieder das Gesagte und bewegte ihren Körper ständig vor- und zurückwippend. In diesem Moment drängte sich Mr. Powell dazwischen und meinte: „Don't answere. She's crazy."
Auch das noch! Ich war in einem Spital mit einer Abteilung für psychisch Kranke. Vielleicht sollte ich mich auch gleich einweisen lassen...Meine Nerven lagen immer wieder blank. Meine Gedanken fuhren Achterbahn. Ich muss da

durch, was anderes bleibt mir nicht übrig, das sagte ich mir vor, immer wieder...

Wir warteten noch fast eine Stunde. Der Arzt kam jedoch nicht. Danach fuhren wir unverrichteter Dinge nach Hause.

Warum sind wir hinbestellt worden? Ich dachte, man braucht Carolines „Aussage"? Wo war der Arzt?

Ist das die jamaikanische Gelassenheit? Jamaika ist ja bekannt für seine relaxte Lebenseinstellung, die oft mit dem Spruch „no problem, man" verbunden ist...Doch in dieser Beziehung geht mir die Gelassenheit zu weit...

*

Am folgenden Tag, es war bereits Mittwoch, war ein Fernsehteam bei Caroline. Ihr Garten mit den wunderschönen Blumen wurde gefilmt.

Danach lud mich Caroline ein, mit ihr in die Stadt zu fahren.

„You have to see the beautiful island and some sightseeing features. You can't go back with such bad Impression."

Wir besichtigten das „King´s House", in dem ab und zu auch die Queen residiert. Es ist aber die offizielle Residenz des Generalgouverneurs von Jamaika. Ich schoss ein paar Fotos – unerlaubterweise - und versuchte, die Schönheit auf mich wirken zu lassen. Als der Guard officer gerade nicht herschaute, flüsterte ich zu Caroline: „Fast! Sit down in the antique armchair. It will be a magnificent photo!" Sie lachte ihr herzliches, fast verlegenes, Lachen uns setzte sich sofort auf den Sessel. Wie eine Königin thronte sie darin!

Dieses Bild wird mir ewig in Erinnerung bleiben! Meine Caroline!

Vieles konnte ich in der Situation für einen Augenblick vergessen, doch ganz gelungen ist es mir jedoch nicht.

Danach fuhren wir zum Bob Marley Museum. Ich freute mich schon sehr darauf, aber leider: es war geschlossen. Closed every Wednesday.... Durch die Gitterstäbe hindurch konnte ich zwar das riesige Haus sehen, indem der Reggae Star dazumal gelebt hatte, aber ich wäre gerne eingetreten.

Anschließend besuchten wir eine Freundin von Caroline, die außerhalb von Kingston in einem riesigen Haus wohnte. Die Villa befand sich auf einer Anhöhe und man konnte auf Kingston hinunterblicken.

Sie züchtete Fische, eine Art schöner als die andere. Caroline nahm sich drei wunderschön schillernde kleine Fische mit. Die Freundinnen plauderten eine Weile über dies und das, als es plötzlich leicht zu nieseln begann. Der erste Niederschlag nach ganz langer Zeit! Der Boden sog die Feuchtigkeit auf, und angenehmer Duft stieg auf. Wir wollten uns langsam auf den Heimweg machen, verabschiedeten uns und stiegen ins Auto. Caroline wollte starten, aber der Wagen sprang nicht mehr an. Dass diese geringe Feuchtigkeit dafür ausschlaggebend war? Zum Glück fanden die Mädels ein Starterkabel und schafften es damit. Jamaikanische Frauen mit Power! Yeah!

Auf dem Weg nach Hause hielten wir beim Polizeirevier. Wir wollten in Erfahrung bringen, ob es etwas Neues gebe. Sorry, no news!

Von Carolines Geschäft aus rief ich erneut bei der Botschaft an. Endlich erreichte ich jemanden, der deutsch sprach.

Eine Steirerin hörte sich meine Geschichte an. „Kommen Sie zu uns herauf, zur Nordküste, wir werden dann schauen, was wir für Sie tun können!"

Doch, wie sollte ich zur Nordküste in die Montego Bay kommen? Mit dem Zug quer durch Jamaika? Nein, das kam für mich nicht in Frage. Ein Flug in Richtung Heimat wäre mir viel lieber. Sie möge sich erneut mit British Airways in Verbindung setzen.

Am Abend plauderte ich sehr lange mit Edwin, während Caroline und ihr Mann bereits zu Bett gegangen waren. Ich wollte mir noch Reggae Platten kaufen, wusste jedoch nicht, welche. Edwin schrieb mir eine Liste von guten LP's auf, als plötzlich Caroline erneut aus dem Zimmer rief. „Edwin, Maria is tired. She wants to go to bed." - was auch diesmal nicht stimmte, doch Edwin stand erneut kommentarlos auf, wünschte mir eine gute Nacht und verließ das Wohnzimmer. Es tat mir leid, ich hätte noch gerne mit ihm weitergesprochen.

*

Zeitig am Morgen weckte mich Caroline. Es war erst 7 Uhr, doch wir mussten noch einiges erledigen. Es war der Donnerstag, an dem vielleicht ein Platz im Flugzeug in Richtung Europa frei ist. Noch hatte ich keine fixe Zusage vom Reisebüro bekommen. Aber: die Hoffnung stirbt zuletzt!

Meinen gepackten Koffer und die vollgestopfte Reisetasche stellte ich gleich ins Auto Vielleicht ergibt sich ein Flug, ganz unerwartet! Ich wollte alles mithaben!

Nach dem Frühstück fuhren wir zur Gallery. Mirella erwartete uns bereits. Die Mitarbeiterin vom Reisebüro hatte sich gemeldet. Für heute Abend hätte sie einen Flug. Wir fuhren sofort ins Reisebüro und fixierten alles. Obwohl ich eigentlich keine Ausreisegenehmigung hatte, nahm ich das Flugangebot an.

„Ich reise ab, egal ob ich darf oder nicht!" - das waren meine Gedanken.

Danach fuhren wir (nochmals) zum Bob Marley Museum, das diesmal geöffnet hatte.

In allen Räumen hörte man Musik von Bob Marley. Ein leicht süßlicher Duft war überall zu spüren. Ich kaufte mir ein paar Erinnerungsstücke und machte mich danach mit Caroline noch auf die Suche nach einem Plattengeschäft.

In einem riesigen Geschäft im Zentrum von Kingston wurde ich fündig. Caroline half mit beim Suchen der Platten, die mir Edwin vorgeschlagen hatte. In einem Kaufhaus erstand ich noch zwei T-Shirts, als wir auch schon wieder weiter mussten.

Es war bereits Mittag.

Um 19.00 Uhr musste ich auf dem Flughafen sein. Wir fuhren nochmals zum Polizeirevier. Dort suchten wir Mr. Powell. Nur ihm teilte ich mit, dass ich für den heutigen Tag einen Flug bekommen hätte. Er registrierte es, sagte uns jedoch, dass ich noch mit dem Sergeant sprechen müsste. (Genau das wollte ich eigentlich nicht...) Wir wurden zu ihm gebracht. Er war über meine rasche Abreise erstaunt und fragte, warum ich nicht bleiben wollte.

Zum Glück hatten Caroline und ich uns schon einen „Schlachtplan" zurechtgelegt. Ich würde die Ausreisegenehmigung nur dann bekommen, wenn ich vorgebe, Angst zu haben, und andeutete, dass ich mich in diesem Land unsicher fühle.

Was ja eigentlich stimmte.

So könnte er mir die Ausreise nicht verwehren. Dies machte ich ihm auch klar. Er gab mir danach die Ausreisegenehmigung, aber mit dem Passus, ich müsste wiederkommen, falls sie jemanden Verdächtigen gefunden hätten, um ihn zu identifizieren. Ich gab ihm zu verstehen, dass mir dies unmöglich wäre, da ich diese Person ja nur für etwa 2-3 Sekunden gesehen habe! Das Gesicht des Täters konnte ich ja gar nicht wahrnehmen. Außerdem ist mir das Land zu gefährlich!

Falls ich kommen müsste, so erklärte er mir, würde ich Polizeischutz erhalten.

„But, it's too expensive for me to come back" - auch dafür hatte er eine Antwort parat: Selbstverständlich werde ich auf Staatskosten kommen - eine Woche. Nun, darüber ließe sich reden, aber ich glaube nicht, weiterhelfen zu können.

Trotzdem versprach ich es und erhielt die Genehmigung, auszureisen.

Ein „Good bye" an Mr. Powell und rasch weg.

Er rief mir noch nach, dass ich irgendwann einmal zurückkommen müsse. Das Land sei so schön, und meine schlechten Erlebnisse wären viel Pech auf einmal. Danach ging es zurück zur Gallery.

Meine Gepäcksstücke hatte ich ohnehin schon in Carolines Auto, da ich jederzeit reisefertig sein sollte. Ich hatte noch ein Platzerl in meinem Gepäck für die neugekauften Sachen gefunden und war zur Abreise bereit. Caroline brachte mir noch Mangos aus dem Garten, Mirella richtete mir Sandwiches her, und Fynn war traurig, dass ich ihn verließ und mit ihm nicht mehr spielte.

Ich rief John an und teilte ihm meine Abreise mit.

„I have written some lines for you, I give it to Caroline, good bye and thanks for all."

John war sehr überrascht, bedankte sich jedoch für meinen Anruf und wünschte mir „good luck" und fügte hinzu „Don't forget our land and me!"

Ich schluckte kurz und legte auf. So ganz egal war mir diese Art von Verabschiedung doch nicht.

Caroline bot sich an, mich zum Flugplatz zu bringen. Gott sei Dank, denn ich hätte es nicht alleine geschafft...

Bald wurde es Zeit, sich zu verabschieden. Edwin trug noch meine Taschen ins Auto, als draußen jemand meinen Namen rief. Ich ging hinaus und sah zwei fremde Männer im Vorbereich der Gallery stehen. Sie stellten sich vor, wieder zwei Detectives - jedoch von einem anderen Department. Sie wollten mich erneut sprechen. Wir gingen in einen kleinen Raum der Gallery, den ich bis jetzt noch gar nicht entdeckt hatte. Die zwei Männer setzten sich mir vis à vis und stellten erneut Fragen über Fragen, - in der Hoffnung, etwas Neues zu erfahren. Doch ich wusste nichts, was ich nicht ohnehin schon zu Protokoll gegeben hatte.

Ich wurde langsam ungeduldig, da es bereits halb sieben war. Ich musste ja um 19 Uhr auf dem Flughafen sein.

„When do you want to leave the island?"

Wie aus der Pistole geschossen, antwortete ich ihm: „Now! I have to be at the airport at 7 p.m. and now, I have to go."

Ich verabschiedete mich und erhielt noch einen Zettel mit der Telefonnummer des Departements - falls mir noch etwas einfällt. Ich steckte den Zettel ein und ging hinaus.

Caroline stand vor mir und hielt eine Rose in der Hand.

„It's for you, the last greeting of the summer ..." Sie fiel mir um den Hals und drängte mich danach zur Eile.

Beide Söhne begleiteten mich zum Flughafen und schleppten mein Gepäck zum Check-in.

Ich wusste nicht, ob ich mein Gepäck bis nach Wien durchchecken lassen sollte, oder nur bis London. Caroline meinte, es wäre vielleicht doch besser, wenn ich in London mein Gepäck hätte, falls ich dort übernachten müsste. Aber, andererseits, meine wichtigsten Sachen hatte ich im Handgepäck, und ein Aus- und Einchecken könnte ich mir ersparen. Der Koffer hatte ohnehin so ein Gewicht....

Wir fuhren alle schweigend bis zum Airport. Die ersten Abendwolken waren am Himmel und mein Herz war einerseits schwer, weil ich all die lieben Leute verlassen musste, andererseits war ich froh, dieses Land verlassen zu können!

Caroline parkte ihren Wagen vor dem Flughafeneingangstor.

Heute sah die Ankunfts- bzw. Abflughalle ganz anders aus. Ohne Erwartungen betrat ich die Halle.

Eine riesige Menschenschlange stand vor dem Schalter. Einige Zeit verging, bis ich endlich an der Reihe war. Hier wurde alles händisch erledigt - kein Computer, keine Maschine, kein Gepäckstransportband.

Ich zeigte mein Ticket vor und wartete. Der Beamte las meinen Namen und meinte, „please pronounce your name." Ich verstand ihn nicht gleich, war er wollte und sagte: „Sorry?" Er wiederholte seinen Satz - meinen Namen sollte ich ihm sagen. Den Klang des Namens konnte er sich nicht vorstellen.

„Österreicher Maria", der Beamte lächelte und fragte mich, ob ich vielleicht im ersten Stock sitzen möchte.

Also, das was mir völlig neu! Selbstverständlich wollte ich das.

Die danebenstehende Schalterbeamtin stellte mir die Boardingcard aus und fragte mich, wohin meine Koffer gebracht werden sollten. Nun, von dem einen Moment zum anderen musste ich mich entscheiden

„Vienna, please".

Sie war überrascht, da ja mein Ticket nur bis London ging.

Hoffentlich war die Entscheidung richtig. Aber, falls ich in London Aufenthalt habe, weil ich keinen Anschlussflug bekomme, irgendwer wird sich in Schwechat schon meinem Gepäck annehmen.

Nachdem ich alles erledigt hatte, kehrte ich zu Caroline zurück. Gemeinsam gingen wir in das Restaurant.

Mit den Gedanken schon viel weiter, trank ich noch einen Planter's punch, der mir schon ab dem ersten Tage geschmeckt hatte. Plötzlich stand jemand vor mir - ich schaute auf - John!

Wie ich mich freute!

Ich sprang auf und umarmte ihn. „I must come to see you the last time, before you go back to Austria."

Auch John wollte mich überzeugen, dass ich später einmal wiederkommen müsse. Er schrieb mir seine Adresse auf und bat mich, von mir hören zu lassen.

Bald wurde es Zeit, einzuchecken. Alle begleiteten mich zur Passkontrolle, küssten und umarmten mich.

Niemand sprach ein Wort.

Auch ich schaffte es nicht, irgendetwas zu sagen. Der Hals war mir zugeschnürt.

Ich schaute Caroline an und merkte, dass auch sie mit den Tränen kämpfte. Aber unsere Augen hatten sich bereits gefunden. Unsere Blicke bedurften keiner Worte mehr.

Ich wusste, dass sie für mich ein Auffangnetz in allen Belangen war, und dass ich es ihr letztendlich zu verdanken hatte, dass ich diesen Flug bekommen hatte.

Ich schaffte es dann doch noch „Thanks for all" zu sagen.

Diese drei Worte waren so ausdrucksstark, dass ich gar nicht viel mehr habe sagen müssen. Sie verstand mich.

Ich nahm meine Tasche, die ich neben mich auf den Boden gestellt hatte, hob die Hand nochmals zum Gruß und ging los. Kurz vor dem Zoll drehte ich mich nochmals um. Alle vier standen noch dort und hatte darauf gewartet, dass ich mich nochmals umdrehte! Ich winkte ihnen zu und ging danach in den Gang, der zum Zoll führte. Auch dort musste ich warten. Meine Rose, die ich an der Tasche befestigt hatte, ließ bereits den Kopf hängen. Schade!

Der Zollbeamte fragt mich, ob ich etwas zu verzollen hätte. Ich zeigte ihm daraufhin mein Handgepäck - die Tasche - und eine Papiertasche mit vier Langspielplatten. Er öffnete die Reisetasche und entdeckte meinen Garfield, den ich immer in meiner Nähe hatte. Er nahm ihn heraus, drückte ihn hier und dort und schüttelte ihn. Gedanken schwirrten in meinem Kopf. Wenn er mir den jetzt aufschneidet, weil er vielleicht glaubt, ich schmuggle darin etwas, ich weiß nicht, was ich dann mit ihm mache. Aber zum Glück legte er ihn wieder zurück und schloss die Tasche. Die Rose fiel ihm dabei auf - ein hämisches Grinsen lag auf seinen Lippen -. was der wohl wieder glaubte! Für die Platten in der Papiertasche interessierte er sich kaum. Er wusste wahrscheinlich, dass sie nicht viel Wert haben. Endlich durfte ich passieren.

Der Gang führte direkt zum Flugzeug. Eine Art riesiger Schlauch bildete die Verbindung zwischen Gebäude und Flugzeug.

Ich wies beim Eingang meine Bordkarte vor und wurde in den oberen Stock begleitet. Toll war es dort. Etwa zwanzig Leute hatten hier Platz, ein Flugbegleiter für uns alleine, drei Sitze in einer Reihe und ich hatte den Platz beim Fenster in der zweiten Reihe. Was könnte es Besseres geben? Ich ließ mich nieder und hoffte auf einen problemlosen Flug - wenigstens bis London.

Rund um mich wurde es langsam ruhig, die Maschine hob ab. Ich schlief ein.

6.

Doch bald nach dem Start wurde das Essen serviert, und der Flugbegleiter sprach mich leise an. Ich fuhr erschrocken zusammen und riss meine Augen auf. Es dauerte ein paar Sekunden, bis ich begriff, was er wollte. Danach stellte er mir das Tablett hin und war auch schon wieder weg. Ich schaute mich ein wenig um und begann zu essen. Hungrig war ich ja schon lange. Neben mir saß ein englisch sprechendes Paar und vor mir zwei Burschen.

Da es im Flugzeug relativ ruhig war, konnte ich plötzlich etwas verstehen.

„In Deutschland müssen wir gleich eine Ausstellung planen. Hast du Zeit, um mir bei der Organisation zu helfen?" Diese Worte kamen von der ersten Sitzreihe.

Ich traute meinen Ohren nicht! Deutsche Worte! Das gibt es nicht! Nach so langer Zeit. Wie wohl das tat! Ich musste die zwei, die vor mir saßen und deutsch sprachen, einfach anreden. Ich brauchte das!

Nachdem das Tablett abserviert worden war, beugte ich mich nach vor und redet zwischen den zwei Sesseln durch.

„Entschuldigt, dass ich euch anspreche, aber es tut so gut, meine Muttersprache zu hören."

Beide waren total überrascht und fragten nach dem Grund. Ich erzählte ihnen in Kurzfassung von den Geschehnissen der letzten Tage und dass es in mir alles andere als ruhig und ausgeglichen zugehe - so, wie es eigentlich nach einem Urlaub sein sollte. Auch die beiden - Rolf und Bert - waren erstaunt, was mir in dieser kurzen Zeit alles widerfahren war. Hatten sie doch das Land in bester Erinnerung. Sie waren zwölf Wochen dort, lebten fast in der Wildnis und hatten bis auf einen Diebstahl nichts Niederschmetterndes erlebt. Bert widmete sich voll und ganz der herrlichen Landschaft und hielt seine Eindrücke malerisch fest. Rolf hielt sich eher an die Bevölkerung, im Speziellen an die jamaikanischen Frauen.

Plötzlich sprach mich die neben mir sitzende Frau in gebrochenem Deutsch an. Sie hatte einen Teil meiner Erzählung verstanden und auch von dem Vorfall in der Zeitung gelesen. Ob ich ihr auf Englisch alles nochmals erzählen könnte, denn in den Zeitungen wird so viel geschrieben, „wobei vielleicht nur die Hälfte richtig ist", meinte sie.

Also startete ich erneut meine Geschichte. So verging auch diese Zeit. Rolf und Bert bat ich dann noch, mit mir in London zum Schalter der Britisch Airways zu gehen, um dem Personal dort zu erklären, warum ich viel zu früh mein Rückreiseticket, das mit einem wesentlich späteren Datum versehen war, in Anspruch nehme. Ihr Englisch und ihre Wortwahl waren ja viel besser. Ich war froh, die zwei Burschen kennengelernt zu haben. Die Zeit im Flugzeug verging relativ rasch. Ich konnte so halbwegs schlafen. Aber immer wieder drangen Erinnerungen an das Erlebte in mein Bewusstsein. Ich wurde Augenzeuge des Geschehens. Für Sekunden sah ich den Mörder ... hat er mich auch gesehen? Hat er mich erkannt?

In London angekommen, schafften es die Burschen, die dortige Angestellte zu überzeugen, dass meine vorzeitige Reise ein Notfall wäre. Als die Frau außerdem sah, dass mein Gepäck schon bis nach Wien eingecheckt war, ließ sie mich ziehen. Es gebe noch Platz in der Maschine nach

Wien. Ich musste nichts zahlen - kein One-way-ticket, kein Aufpreis - nichts!

Ich fiel den beiden jungen Männern um den Hals, so glücklich war ich!

Bis zum Abflug musste ich noch warten. Wir setzten uns ins Restaurant und tauschten Adressen aus. Die Ausstellung würde mich auch interessieren, vielleicht komme ich nach Deutschland.

Mein Flug wurde bald aufgerufen - 25 Minuten verspätet, aber doch. Ich verabschiedete mich von beiden und bedankte mich. Die letzten englischen Pfund schenkte ich ihnen.

Ich hatte keine Verwendung mehr. Sie mussten noch zwei Stunden warten, da würde ihnen das Geld schon behilflich sein.

In der Maschine nach Wien war es angenehm temperiert. Ich hatte auch hier einen Fensterplatz. Mir vis à vis saß ein kleines Mädchen, das liebevoll von der Flugbegleiterin umsorgt wurde. Das Kind kam wahrscheinlich von einem Sprachkurs zurück. Es verkroch sich im Sitz und hörte mit dem MP3 Player. Der Flug war relativ kurz, im Vergleich zur Strecke Kingston-London. Wobei der Rückflug nach London auf Grund der Gespräche eigentlich recht angenehm war und mir kurz vorkam.

Mittlerweile war es Abend geworden. Um 18 Uhr wäre in Wien die Ankunftszeit gewesen, die sich jedoch um 25 Minuten verschob.

Aber, meine Maminka wird warten, das weiß ich....

Endlich setzte die Maschine zum Landeanflug auf.
Geschafft!
Wien, du hast mich wieder!
Heil und gesund!
Noch nie hatte ich mich mehr auf die Rückkunft gefreut wie an diesem Tag!

Der Bus brachte uns zur Ankunftshalle. Mein Gepäck hatte ich rasch bekommen, da das Flugzeug kaum besetzt war.

Ich schleppte meinen Koffer zur Zollkontrolle. Mit raschen Schritten wollte ich die Zone inmitten einiger anderer passieren. Durch die geöffnete Tür sah ich bereits meine Mutter. Sie winkte mir zu, doch die Tür schloss sich kurz vor mir, und ein Zollbeamter deutet auf mich. Auch das noch! So nahe war ich meiner Mutter schon. Ich ging zu dem Mann, der meinen Pass sehen wollte.

„Aus Jamaika kommen Sie? Darf ich Ihr Gepäck sehen? Würden Sie bitte den Koffer öffnen?"

- Oh, nein, ich hatte doch nichts! Widerwillig öffnete ich meinen Koffer und entdeckte dabei, dass mein Haarshampoo ausgeronnen war. Alles war nass und klebrig. „Also, das Pech verfolgt mich. Zuerst Augenzeuge bei einem Mord, dann keine Ausreisegenehmigung und dann das!"

Ich schlug die Hände vor mein Gesicht. Sollte ich jetzt weinen oder lachen? Der Beamte sah mich erstaunt an – „Was war los?" Ich erzählte ihm mit einigen Sätzen den Verlauf des abenteuerlichen Aufenthalts. Währenddessen durchsuchte er meinen Koffer und stieß auf die geschnitzte Holzfigur, die ich auf dem Flohmarkt ganz billig erstanden hatte. Er drehte sie hin und her und vermutete einen großen Wert.

„Die habe ich um einige Dollar bei einem Flohmarkt erstanden ..."

Danach legte er sie wieder zurück. In der Zwischenzeit reinigte ich oberflächlich die mit Haarshampoo versehenen Gegenstände und Kleider. Mein Handgepäck durchsuchte er daraufhin auch noch. Die Platten zählte er und meinte, dass alles in Ordnung sei. Ich schloss meinen Koffer und verabschiedete mich. - Meine Mutter wird sich schon gewundert haben, wo ich wohl bleibe.

Endlich stand ich erneut vor der Schiebetür. Sie öffnete sich langsam und ich ging hindurch.

Ich sah meine Mutter, ließ meinen Koffer fallen und stürmte auf sie zu. Mit den Worten: „Maminka, ich lebe!", fiel ich ihr um den Hals und weinte - diesmal Freudentränen.

Auf dem Heimweg erzählte ich ihr in Kurzform meine Erlebnisse.

Die genauen Hergänge wollte ich meiner Mutter erst später erzählen, ich brauchte dringend Schlaf.

Schlaf ohne vergitterte Fenster, ohne Schüsse in der Nähe oder Ferne, ohne Hundegebell und vor allem ohne Angst, die ich trotzdem Wochen, Monate, ja, sogar Jahre danach bei Dunkelheit noch immer verspüre.

Epilog

Dezember 1997

Mit den Erlebnissen in Jamaika hatte ich noch immer nicht abgeschlossen! Magisch zog mich diese Insel an! Ich musste noch einmal dorthin! Mit den Eindrücken des ersten Aufenthaltes konnte und wollte ich nicht leben und mich zufrieden geben! Es kann nicht sein, dass das alles war, was dieses Land und die Leute zu bieten hatte! Gemeinsam mit Lydia, meiner zukünftigen Schwägerin wurde ein Plan in die Tat umgesetzt! Jamaika - wir kommen (nochmals)!

Diesmal sollte uns die Reise aber in den Norden von Jamaika führen, in das Zentrum des Tourismus. Dort wird ja hoffentlich nichts passieren! Man weiß aber nie! Mit John stand ich seit meinem ersten Aufenthalt in Jamaika im Briefkontakt. Er wusste, dass ich kommen werde. Er wünschte sich das auch für mich, damit ich meine „bad remembrances" vergessen könne.

Erneute Zwischenlandung in London, diesmal kannte ich mich schon aus. Stunden später der Weiterflug Richtung Montego Bay.
Ich war angespannt vor Freude, John wieder zu sehen.
Wird er sich verändert haben?
Weiß er Näheres zu dem Mordfall?
Warum hat er in mir seinen Briefen nie Details dazu geschrieben?
Die Polizei wisse nichts Neues, alles unklar.
Ich konnte mir das nicht vorstellen...

Viele Stunden später landeten wir in Jamaika!
Back again...

Dieses Mal war die Ankunftshalle eine wirkliche Ankunftshalle! Gut beleuchtet, angenehm temperiert, ja, das ist Touristenfreundlichkeit!

Im Hotel angekommen, wurde uns Mädels ein Zimmer zugeteilt. Ein Angestellter schleppte unsere Koffer zu der besagten Zimmernummer. Unser Zimmer befand sich im letzten Winkel der Anlage und war noch dazu ebenerdig! Nein, hier wollte und konnte ich keine 14 Tage wohnen! Erinnerungen wurden wach!

Zurück zur Rezeption! Dort erklärten wir dem Personal die Lage und erhielten ein anderes Zimmer - im ersten Stock!

Eine wunderschöne Suite tat sich uns auf! Wir waren aber so erschöpft von der langen Reise, dass wir nur noch unser Schlafgewand aus dem Koffer herauskramten und uns ins Bett warfen.

Plötzlich läutete das Telefon! Ich schrak hoch, war ich doch schon im Dämmerschlaf!

„Who is speaking", fragte mich eine Stimme am anderen Ende der Leitung.

Ich stellte mich namentlich vor und fragte, wer dort sei.

John - er hatte im Hotel schon mehrmals angerufen, bis er mich endlich erreicht bzw. gefunden hatte.ER wusste ja, wo wir wohnen werden.

Ich war aber auf Grund meiner Erschöpfung nicht mehr in der Lage mit ihm zu sprechen und schon gar nicht auf Englisch! Ich bat ihn, am nächsten Tag nochmals anzurufen. Trotzdem hatte ich mich gefreut, ihn wieder zu hören!

Auf ihn war Verlass! Kurz nach 9 Uhr läutete wieder das Zimmertelefon. Wir wollten gerade frühstücken gehen. Mein Herz begann ein wenig schneller zu schlagen...ein bisschen war ich aufgeregt. John, der Mann, der mit mir aufregende und zugleich sehr traurige Stunden teilte...

Wir verabredeten uns zu einem Treffen. John werde in den Norden heraufkommen, da es für mich nicht möglich war, zu ihm nach Kingston zu reisen. (Das hatten wir schon mal...)

Der Tag des Wiedersehens kam. Ich war sehr nervös!

Wird er anders sein?
Was wird in der Zwischenzeit alles passiert sein?
Wird er mir diesmal Details zu Sofies Tod erzählen können?

Ein paar Tage später war es so weit!
John kam zu uns in die Hotelanlage als Tagesgast, was mit anfänglichen Schwierigkeiten begann. Er wollte sich „einschleichen", um nicht eine Tagesgebühr von umgerechnet 50 Euro bezahlen zu müssen. Aber die Security kam ihm auf die Schliche, und er wurde dem Hotelmanager regelrecht „vorgeführt". Natürlich ging ich mit ihm mit, hatte ich doch diese glorreiche Idee. Er musste den Tagessatz zahlen und dann hatten wir endlich Gelegenheit zu reden.
Aber: unser Redefluss funktionierte nicht wirklich! Es lag aber nicht an der Sprache! Die Inhalte fehlten uns! Zum Todesfall von Sofie meinte er nur, nicht alles sei geklärt. Ein Mann wurde verdächtigt, es gewesen zu sein, mehr wisse er auch nicht!
Der Tag mit John schleppte sich dahin. Lydia konnte mir auch nicht wirklich helfen, denn John, mein Lebensretter, war ein fader Mann geworden, der zu nichts zu bewegen war.
„Later, Maria", das war sein Lieblingssatz, wenn es darum ging, Schwimmen oder Tretbootfahren zu gehen.
Wie er sich doch verändert hat! Oder hab ich seinen Charakter bei meinem ersten Aufenthalt gar nicht richtig kennengelernt?

Er verabschiedete sich spät am Abend, und ich war eigentlich froh, keine anstrengende Kommunikation mehr führen zu müssen. Gesprächsstoff hatten wir ja nicht wirklich.

Aber eines ließ mich nicht in Ruhe: warum tat er so geheimnisvoll, wenn es um Sofie ging? War da noch etwas, was er mir verschweigen wollte? Warum?

Ich wollte dem noch nachgehen.

Jetzt war ich endlich wieder in diesem Land und wollte das geklärt wissen, falls es etwas zum Klären gibt.

Caroline musste mir Rede und Antwort stellen, das war mir nun klar! Ich werde sie anrufen, die starke jamaikanische Frau, die Gott und die Welt kennt, und vielleicht kann sie meine Fragen alle beantworten!

Ihre Telefonnummer hatte ich leider nicht, aber in der Rezeption gab es ein Telefonbuch! Die Nummer einer Gallery wird sich doch finden lassen!

Gleich am nächsten Tag sollte das mein erstes Vorhaben sein. Lydia unterstützte mich bei der Suche, denn sie wusste, dass mich diese „Kapitel" noch immer beschäftigte!

Wir wurden fündig! Sofort gingen wir aufs Zimmer zurück und ließen die Verbindung herstellen. Es läutete bereits am anderen Ende der Leitung. Ich wurde nervös.

Würde sie noch wissen, wer ich bin?

Wie wird Caroline reagieren, wenn sie mich hört?

„Hallo, Mrs. Stone is speaking", hörte ich plötzlich ihre eindeutige sonore Stimme.

„Caroline, it´s me, Maria is speaking! Do you remember?"

Natürlich konnte sie sich an mich erinnern! Wie konnte man jemanden vergessen, mit dem man über einen Zaun wie eine Ziege geklettert ist!

Caroline freute sich, meine Stimme zu hören und konnte es kaum glauben, dass ich in Jamaika bin.

Fragen über Fragen hatte ich an sie. Ich erzählte ihr auch, dass John bei mir zu Besuch war und er mir aber nicht den wahren Grund des Mordes erzählte.

Warum musste Sofie sterben?

Wisse sie auch nichts?

Doch dann kam die niederschmetternde Antwort:
„You have been the reason!"

Das saß! Das musste sie mir näher erklären!

Ich sog ihre Worte auf wie ein trockener Schwamm. Klarheit machte sich bei mir nun breit. Eine Wahrheit, die ich eigentlich gar nicht hören wollte!

Warum war ich es, die Schuld hatte, dass Sofie ermordet worden ist?

Woher hatte sie ihre Informationen?

Es war ein Auftragsmord!
Auftraggeber: Frank Foster!

Das Opfer hätte ich sein sollen, aber der Mörder kannte mich nicht persönlich! Und Sofie schaute mir so verdammt ähnlich! Noch dazu war es Nacht!

Frank konnte man nichts nachweisen, da er bald darauf bei einem Autounfall ums Leben kam. Die Bremsen waren manipuliert...

All diese Details waren nach einer sehr langen Untersuchung seitens der Polizei heraus gekommen.

Ich konnte und wollte das anfangs gar nicht glauben! Konnte ein Mensch so verbittert und bösartig sein, wenn er sein Ziel nicht erreicht? Sind die Menschen in einem anderen Land wirklich so anders? Schrecken sie nicht einmal vor einem Mord zurück?

Ich war dazumal in ein Geschehen verwickelt, in dem ich mir nie gewünscht hätte, zu sein!

Zur falschen Zeit am falschen Ort- oder zur richtigen Zeit am anderen Ort?

Eines steht fest: Für mich musste wer sein Leben lassen, und das berührt mich nach wie vor!

Heute noch.

Nachwort

Obwohl mein Nachwort wahrscheinlich niemand der betroffenen Personen in Jamaika jemals zu lesen bekommen wird, möchte ich all denen danken, die mich in dem Land des Reggaes so herzlich willkommen hießen. Sie gaben mir das Gefühl, niemals alleine zu sein, sie waren hilfsbereit und fürsorglich und gaben mir Kraft, all das Erlebte durchzustehen.

Danken möchte ich auch all denen, die mich bestärkt haben, meinen Traum zu verwirklichen, ein „Buch" über meine Erlebnisse in Jamaika zu schreiben.

Außerdem möchte ich Billi und Gabi fürs Korrekturlesen danken. Sollten Sie, werte Leserinnen und Leser, doch noch Fehler gefunden haben: herzliche Gratulation... ;-)

Und meinen aller größten Dank möchte ich Ilse sagen, die Stunden ihrer Freizeit für mich geopfert hat, um mein „Gekritzel" in diese Form, wie Sie vor Ihnen liegt, zu bringen.